醫拯天下
第二輯之2
生死一線
趙奪 著
HOSPITAL
Regions Hospital

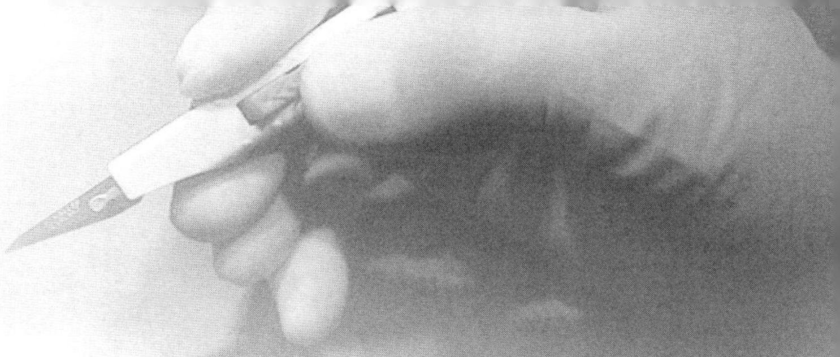

# 目錄

CONTENTS

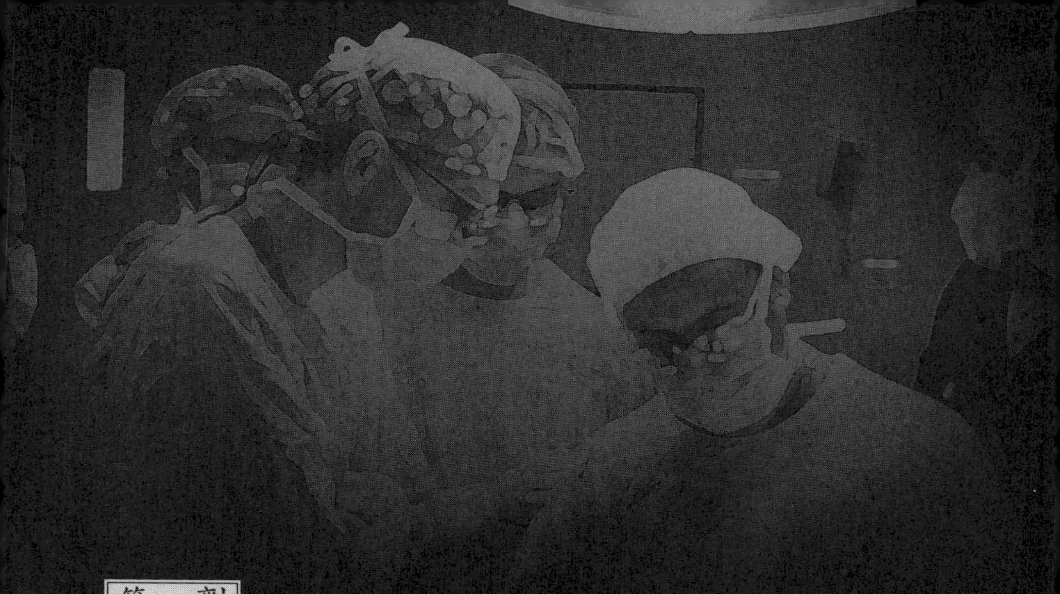

第一劑

# 強大就是勇敢面對

深夜了，李傑敲開了姐姐的房門，李英還沒有睡，眼睛依然腫腫的。
「姐姐，對不起！如果不是我，也不會發生這樣的事情！」
「這都是命運！怎麼能怪你！」
「姐姐，我們這裏的天地太小了，人的思想也太保守了，走出去你會看到海闊天空。
相信我，姐姐，離開這裏，沒有人會知道你的過去，你可以重新開始！」
強大就是勇敢地面對命運！
李傑覺得自己有點自私，他故意把事情鬧大，
就是希望姐姐不再回到可惡的楊牛那裏，
希望姐姐可以離開他，開始幸福的生活。

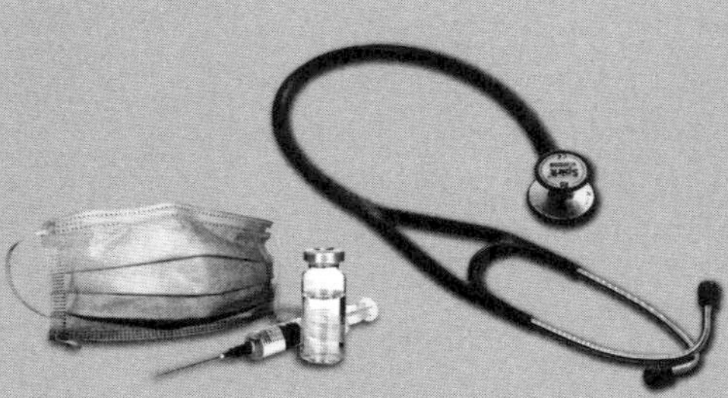

電腦的暴利讓李傑有點沉迷，一台電腦只需要組裝起來，安裝上自己的軟體，就可以拿到驚人的利潤，比動手術賺錢還快，而且沒有醫療糾紛，當然電腦壞了還要去修理。不過這個時代的電腦品質比較好，用戶也比較愛惜，很少會出現這種情況。

電腦銷售很好，先是學校買了一批，又賣了一批給學校的附屬醫院，他們買的原因都是因爲想要那個軟體，可以說李傑賣的不是電腦而是軟體，其實他還不明白軟體的價值絕對大於賣電腦所得的利潤。

如果說中國人最厲害的是什麼？不用說，就是模仿能力。

當李傑大賣電腦的時候，一部分人開始眼紅起來。首先是他的軟體被盜取了，然後被駭客高手破解了，因此李傑的買賣就不是一家獨大的局面了。

李傑生氣了，一怒之下將軟體免費贈送，憑藉馬雲天的關係網，將軟體作爲學校的禮物免費送給全國的醫學機構。

當所有的機構都有了軟體，駭客就算偷取也無法借助軟體來出售電腦，更無法出售軟體，李傑這個做法是典型的兩敗俱傷。

對方顯然沒有想到李傑會這麼做，惱羞成怒地放出話來說：只要李傑做出任何軟體，他們都可以進行破解，要讓李傑在這個行業無法立足。

李傑聽了這些話，根本不放在心上，他的能力也就開發這麼一個軟體，讓他再開發別的也沒有能力，他是一個醫生，不是程式師。

這次不過是賺筆錢，雖然繼續做下去也許可能賺很多錢，但李傑真正的理想還是做一個醫生，所以他也不怕得罪什麼駭客，同時也鄙視這些駭客，真的有能力的話，怎麼不去破解外國的軟體，跟自己這樣的菜鳥比算什麼？

在最後，劉倩和李傑算了一筆賬，不算不知道，一算嚇了劉倩一跳，短短的時間內，他們的淨利潤接近十萬，一人分一半的話也有五六萬。李傑看著紙上那一串的數字，心裏暗爽。按照當時人們的觀念，萬元戶是有錢人，現在李傑已經算是有錢人了。

劉倩從來沒有想到過，自己可以在這麼短的時間裏賺到這麼多的錢，她感覺在夢中一般，認真地計算了一次又一次，一直確定她的確是賺錢了。

李傑在一旁饒有興趣地看著，對！只是看著，而且是坐在一旁遠遠看著，絲毫沒有劉倩那麼興奮。

李傑在實驗室計算資料的時候，就覺得自己的頭在瞬間大了不止一倍，現在看見一連串的數字，就忍不住犯暈。他想休息一下，這段時間真的累壞了。

劉倩覺得李傑是一個不可思議的人，印象中似乎沒有李傑做不成的事！看著李傑那雙略顯稚氣又似乎有著無窮智慧的臉龐，她一時陷入了深深的沉思之中。

李傑可以說是縣裏第一的人才，大學生，天之驕子，而自己只是一個鄉下妹子，當和家裏鬧彆扭的時候，不知道爲什麼第一時間就想到了李傑，並且從大老遠跑過來投奔他。雖然兩個人是從小定下的娃娃親，但是她知道李傑並不承認這門親事，她也沒有任何奢望，沒有想到李傑在看見自己的時候沒有絲毫的嫌棄，陪自己散心，還幫助自己找工作……

「劉倩，你怎麼了，算完了吧？」李傑將劉倩從沉思中喚醒。

「哦，哦，算完了。」當劉倩看見李傑正目不斜視地看著自己，有些慌忙地應道，趕忙將算好的資料交給了他。

李傑看著那幾個數字，不由得撓了撓頭。

「有什麼不對的麼？」劉倩有些奇怪，於是問道。

「沒什麼！」李傑隨手拿出一些錢遞給劉倩，「這些是你的，剩下的是我的！」

「這太多了，我也沒有做什麼！」劉倩推辭道。

「這些是你應得的，你可是丟了工作啊！」李傑說著把錢塞到劉倩的手裏。

因爲劉倩把老闆的進貨管道透漏給了李傑，所以工作丟了，但是通過這次買賣，她已經與區域代理商建立了關係，可以與以前的老闆平起平坐了。

「謝謝你，李傑！」她知道再推辭，李傑也不會把錢拿回去，這次生意雖然幫著李傑跑前跑後，但畢竟出的力少得多，事情就算沒有她也能辦成。

「謝我做什麼，勞者多得！你努力了，就要拿到應該得到的！」

劉倩看著李傑又一次地發呆：因爲自己是女孩子，家裏不同意她上學，從小到大一直都是李傑在幫助自己，教她識字、看書。李傑考上高中以後，還經常借書給自己看，雖然和李傑定下了娃娃親，可是又覺得配不上他。這次要不是李傑幫忙，自己根本不可能賺到想都不敢想的錢。雖然丟了工作，但也不是什麼好工作，自己現在完全可以做老闆賣電腦。

這次大約賺了十萬元左右，但賣電腦的過程中少不了送禮賄賂，剩下的不足九萬，李傑給了劉倩三萬，本來想平分，他知道劉倩是一個好強的女孩，她能收下這麼多已經很勉強，如果平分，她會覺得自己是在施捨。

到了這個世界，李傑才真正明白了缺錢的難處，要不然也不會忙得昏天暗地去賺錢。

李傑這回可真是當了一次小小的暴發戶，荷包足了，走路都有勁了。

忍了許久的煙癮又犯了，李傑狠心買下一包煙，深深吸了一口，彷彿要將煙吸進靈魂裏一般。

錢是賺到了，這錢可不是享受用的，拿出其中的一點零頭買包煙過過癮，算算時間已經差不多了，他對於回家已經迫不及待。

他覺得必須帶一些禮物回去，其實父母並不求兒子帶什麼東西回去，只求兒子平安回家。但是做爲孩子，帶些東西回去，老人們會很高興的。

買東西是李傑討厭的事情之一，其次他討厭理髮，所以總是一頭短髮，這樣在手術的時候也更合標準，太長的頭髮，如果帽子蓋不住，是進不了手術室的。

李傑買東西，本來拉著石清幫忙，但是石清似乎還在生氣。

因爲離家太遠，只能挑攜帶方便的買，與李傑同樣想法的還有劉倩，她覺得自己偷偷跑出來，如果不混得有模有樣，是沒有臉回去的。本來她還擔心自己什麼時候能回去，現在有錢了，回家的時候到了。

劉倩拉著李傑直奔商場，李傑心中雖然一百個不願意，但也沒有辦法，要是劉倩不跟他去買東西，他還真不知道買什麼。

女人就是天生的敗家子！

李傑現在對這句話深表贊同，女人對漂亮的東西一向沒有什麼抵抗力，就連一向節儉慣了的劉倩也包括在內。她買了很多東西，多數都是給家裏人買的，她來京城這麼久，從來沒有來大商場逛過。在這裏第一次感覺到了奢華與氣派，看著那價格不菲的商品，劉倩忽然覺得呼吸有點困難。不過，她因此更充滿了動力，暗暗下了決心，要在以後的時間裏買得起這裏的任何一件物品。

當劉倩從試衣間裏走出來的時候，李傑不禁眼前一亮：只見劉倩上身穿著一件素白的V領針織衫，領口的銀色和藍色的珠子有規則地分佈，使得衣裳熠熠生輝，一條絲帶由腰部繞至背後，和背後的蕾絲拼接，相映成趣；下身穿著一條長褲，將她那長腿包得很完美，全身上下散發著渾然天成的美。

李傑一直覺得，女人漂亮不漂亮，主要是看會不會打扮，俗話說得好：三分長相，七分打扮。劉倩本來就是一個不錯的女孩，這一打扮還真不錯。

「你女朋友穿這身真是漂亮，這幾件衣服太適合她了，簡直就是量身定做的。」商場的服務員看著光彩照人的劉倩，不禁誇獎起來。

李傑懶得解釋，反正又不認識服務員，她喜歡怎麼說就怎麼說了。

劉倩聽到「女朋友」這幾個字的時候，表情遲滯了一下，站在試衣鏡前，看著裏面那個曾經梳著兩條麻花辮子，穿著對襟小褂的鄉下妹子，沒有說什麼。在李傑心目中，自己真的算他的女朋友麼?劉倩在心裏問了自己一遍又一遍。

「劉倩，我也覺得這衣服不錯，就穿著吧。」

劉倩猶豫了一下，雖然價格很高，但她下定決心買下。她也不知道自己爲什麼買，或許是因爲李傑說這衣服漂亮吧！

在劉倩的參謀之下，李傑給家裏買了很多東西。他想給家裏人一個驚喜，突然出現在家裏的時候，母親在鍘豬草，父親不在家。

李傑放下禮物，接過母親手裏的活兒。

李傑回家後，母親的臉上就一直掛著笑容，高興地張羅著飯菜。弟弟還沒有放假，晚上一家三個人圍著飯桌吃飯，李傑提出了一直想說的事情：「爸，我想把你和媽都接到縣裏去住。」

「孩子，咱們住這裏習慣了，鄉親都熟悉了，要是搬到縣裏，一時半會兒還沒有認識的人。再說你賺錢也不容易，留著吧！」母親說。

李傑看著父母，一時之間不知說什麼好了。

看著父母因爲常年操勞而過早蒼老的面容，他心裏一陣發酸，自己來到這個世界以後，幸虧家人的一番照顧，他們雖然貧窮，但是卻並沒有因爲貧窮而中斷自己的學業。雖然有過衝突，他們也是爲了自己好。

李傑已經看出來母親的病情加重了，已經到了必須開刀的階段，他已經做好了準備，這次賺錢很大程度上也是爲了母親的病。

第二天李傑去了姐姐家，自從姐姐出嫁後，就沒有見過她。

高牆大院緊鎖的鐵門，李傑喊了好多遍，姐姐才出來開門。李英看到李傑來了很是高興，趕緊拉著他進屋。

李傑進屋才發現，姐夫楊牛竟然還躺在被窩裏，瞇著眼睛不知道在想什麼。

李傑拉過姐姐的手，卻發現她的手臂有淤血，很明顯的外傷，正要問原因的時候，卻聽到楊牛大喊：「李英，你給我過來！」

不一會兒，李傑就聽到楊牛的咆哮：「怎麼的？我還管不了你了！我一天養你是幹什麼吃的！」

話音剛落，一聲響亮的耳光便響了起來，接著傳來李英的哭聲。

李傑趕緊跑過去，只見楊牛正指著倒在地上哭泣的姐姐，氣呼呼地罵道：「你一天到晚不知道幹了些什麼，讓你做點事，拖拖拉拉的。」

李英捂著半邊臉，只是低著頭小聲抽泣。

李傑看見李英臉上紅腫的手印清晰可見，姐姐無助的哭泣讓他心疼極了。想到剛才看到她手臂上的淤血，心中的怒火早已經燒過了頭頂。

「愣啥愣的，讓你去還不快去！」楊牛說著，又要打李英。

「你敢打我姐！」

李傑上去就是一拳，打在楊牛眼眶上，這一拳可是聚集了全身的力量含怒出手。楊牛一個趔趄，痛苦地倒在了地上。

李傑怒火正旺，豈能善罷甘休，接著又是一腳踢在了楊牛的肚子上，然後一頓拳頭雨點般砸下。

這傢伙看來也是個挨打的人才，知道自己沒辦法打得過李傑，抱著頭護住要害，嘴裏不斷求饒。

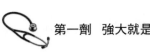

「你上次發誓說要好好待我姐姐，才一年不到就這樣！你發誓的時候是怎麼說的？你知道什麼叫做不得好死麼！」

李傑說著話，拳頭不停落下，每一拳都全力揮出，打得對方沒有絲毫的還手之力。

楊牛覺得頭腦已經不是那麼清晰了，他怎麼會想到貌似忠厚的李傑發起狠來竟然這麼厲害。漸漸地，他覺得頭暈，牙被打掉了，他能感覺到嘴裏有異物，雖然感覺已經不是那麼靈敏了。

李英的眼睛已經哭腫了，她爬起來，拉著李傑說道：「別打了！」

「姐，你讓我打死這個混蛋，誰叫他敢欺負你！」

「別打了，打死他又能怎麼樣？你不也要賠命麼？」

李傑雖然氣，但是沒有喪失理智，剛剛的毆打沒有絲毫留情。看著被打得不成人形的楊牛，李傑覺得氣已經消了，但卻不能這麼饒了他，於是又給了他一腳，拉著姐姐回家了。

回到家裏，父親聽了李傑的敘述很是惱火，母親看著女兒身上的傷痕默默流淚。女人的眼淚不僅僅是武器，有的時候更是一種讓男人去拚命的藥劑。

李傑的父親看著娘倆哭成了淚人，李傑在一邊添油加醋，他再也坐不住了，集合了村子裏人要去討個說法，李傑也拿了鐵鍬跟在其中。

此刻楊牛捂著腫得老高的臉，一個勁兒地聲哀嚎著，活了這麼多年，從來沒有受過這樣的窩囊氣，教訓老婆，卻被小舅子狠狠收拾了一頓，這以後讓他的臉往哪兒擱啊？心裏越想越覺得憋屈，他這個受害人還沒有怎麼著呢，人家又找了一群人要討說法，雖然楊牛財大氣粗，還是害怕了。

看著門前殺氣騰騰的人群，楊牛雙腿都在打顫，那緊鎖的鐵門以及高高的圍牆不能給他一絲安全感。

「楊牛！你給我出來！你個王八蛋！」

「我就不出來！」楊牛開始耍無賴。

「你不出來我們進去！」李傑喊道。

「你們進來，我就叫公安抓你們！告你們搶劫！」楊牛威脅道。他的威脅還真管用，那些試圖爬牆的人都停止了動作。

「你叫公安好啊！你長期虐待妻子，是家庭暴力，按照法律你可要判刑的！你叫吧！」李傑一本正經地說道。

「你少嚇唬我，我打自己老婆還犯法？」

「不信你就試試看！我已經準備上法庭去告你了！你就等著吧！」李傑恨恨地說。

楊牛其實知道打妻子是犯法的，他在報紙上看到過。不過李英的軟弱讓他得寸進尺，以爲李英不敢怎麼樣，更以爲貌似忠厚的李傑是一個窩囊廢，誰知道竟然如此厲害。

「李傑，你個狼心狗肺的東西，你上學的錢還是我出的！」

不提還好，說起來李傑就生氣，姐姐犧牲了幸福就是因爲李傑，這傢伙真是撞槍口上了。

「你的臭錢還給你！姐姐你還給我們！我姐姐身上的傷痕，我也會加倍還給你！」

楊牛覺得這些話似乎是從死神嘴裏說出來的，充滿了刺骨的寒冷。他覺得李傑有要殺他的願望，這種感覺越來越強烈。

李傑的父親覺得事情鬧太大了，他的思想還是很傳統，只是想教訓一下楊牛，並沒有想怎麼樣。當他看到楊牛被李傑打得遍體鱗傷時，氣已經消了不少，聽李傑的意思似乎讓他們離婚，他卻有點接受不了。在這個年代，離婚在普通人眼裏是一個很不光彩的事情，更何況在這樣一個小山村。

深夜了，李傑敲開了姐姐的房門，李英還沒有睡，眼睛依然腫腫的。

「姐姐，對不起！如果不是我，也不會發生這樣的事情！」

「這都是命運！怎麼能怪你！」

「姐姐，不要回去了，跟我去京城吧，你可以開始新的生活！」

「小傑，我這樣還能重新開始麼？」

「姐姐，我們這裏的天地太小了，人的思想也太保守了，走出去你會看到海闊天空。相信我，姐姐，離開這裏，沒有人會知道你的過去，你可以重新開始！」

強大就是勇敢地面對命運！

李傑覺得自己有點自私，他故意把事情鬧大，就是希望姐姐不再回到可惡的楊牛那裏，希望姐姐可以離開他，開始幸福的生活。但是封建思想依然在作怪，李傑勸說了很多次，姐姐就是放不下思想包袱。

父母也因爲這件事情每天長吁短歎。

李傑就是再厲害，也只能一步一步來。這本是一個普通的事情，但是小山村的封建思想不免嚴重一些，閒言碎語也比較多，李傑決定帶家人去縣城裏待幾天，臨走的時候怕楊牛來惹麻煩，故意放出話來，說打算去公安局告他。

楊牛雖然囂張，但已經對李傑有了畏懼心理，倒也不敢來惹事。

北方的小縣城貧窮而蕭索，李傑所在的D縣人口稀少，是一個典型的農業縣。在縣城裏隨便找了一個住處，全家人暫時住在這裏，一直等到家裏的老房子修好，李傑覺得應該趁這個時候帶父母去檢查一下。

醫院很小，設施也很落後，但是X光檢查還是可以做的。掛了號等了很久才輪到他們。

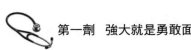

「病人的家屬在哪裏？」一個戴著老花鏡、穿著白大褂的中年醫生問道。

「我就是！」李傑回答。

「她是你母親吧！病情很嚴重啊！」醫生說道。

「是麼？片子出來了啊！給我看看！」李傑拿起片子，檢查效果很模糊，如果可以做心臟彩超、CT和DSA檢查就好了，不過需要去大城市。

病情要比想像得嚴重。李傑回頭看了一眼，母親在外面焦急地等待著，還不知道自己的病情。

「病人需要開刀！」醫生說道。

「我知道！」李傑隨口答道。通過檢查，他知道母親應該是主動脈腫瘤，很難的一個手術，此刻他已經在思索手術應該如何來做。

「去辦理住院手續吧，我會安排時間給你開刀的！你運氣不錯，我最喜歡孝順的孩子，最近我會安排個時間。」中年醫生慢悠悠地說道。

李傑聽出他要給母親開刀，如果他是一個普通的病患肯定會感激涕零，然後紅包送上。可他是李傑，一個醫術比眼前這位醫生高出不知多少倍的人。

「那我還要謝謝您了！」李傑冷冷說道。

他最恨這樣的醫生，醫生的道德名譽就是讓少數的不良醫生敗壞了。李傑絕對不信這個醫生可以做這種手術，在這種小醫院設備都不齊全，他憑什麼做手術？

「不用客氣，先去送你母親辦住院手續吧！」

李傑二話不說，拉著母親離開了。

「兒子，媽要住院麼？」母親聽到住院兩個字就害怕，在平常人看來，住院是一件很嚴重的事情。

「不用住院，咱們回家！」

「可是那個醫生……」

「媽，你相信我，我也是醫生！」

就在李傑正要走出醫院的時候，突然聽到後面有人喊。李傑回頭，是一個年輕的醫生，剛在中年醫生的辦公室見過，應該是他們科室的。

這個傢伙是來讓母親住院的吧？難道醫院還敢強行留人不成？莫非是黑醫院？李傑在醫療體系裏打拚這麼長時間，還真沒有見過黑醫院，以前就聽說過小地方的醫院很混亂，難道真的亂到這種程度？

「有什麼事情麼？」李傑回頭問道。

醫生一路小跑過來，他很年輕，應該是剛畢業的學生吧。他走到李傑身邊，努力使自己的呼吸平穩下來。

「孩子，你跑這麼急幹什麼！」李傑的母親對這個小醫生印象不錯，檢查就是他做的。

「你們的X光片忘記拿了，我給你們送來，還要告訴你們一件事，這個手術難度很大，也許去大城市的醫院做比較好！」

李傑突然有種莫名的感動，這個小夥子竟然是來告訴他實情的，他是一個還沒有被腐敗的醫療界污染的醫生。

如果那個主任醫生知道實情的話，這個年輕人在醫院裏的路將很難走。

「謝謝你！」李傑這句話是真正的發自內心。

回到住處的時候，劉倩來了，正與姐姐聊天。李英這幾天情緒好了很多，再也不是那副愁悶不展的樣子了。

「怎麼樣？醫生怎麼說？」剛剛進屋，父親就關切問道。

「不用擔心，母親的病不是很嚴重，但是必須治療！」

「伯母會沒事的，李傑在學校可有名氣了，還上報紙了呢！」劉倩說道。

番。

李傑的父母並不知道這回事情，劉倩提了出來，李傑看著他們疑惑的眼神，只能解釋一番。

「兒子出息了！」父親感慨道。他也許沒有聽明白到底是怎麼回事，但是知道上報紙的都是大人物，兒子不是因爲幹了什麼壞事，那肯定是幹了了不起的事情。

李傑臉一紅，趕緊說道：「爸，我去接弟弟回來吧，咱們一家好好團聚一下！」

「是啊，咱們好好團聚一下！」母親說著，意味深長地看了劉倩一眼，劉倩則害羞地低下了頭。

李傑一頭霧水，沒有明白怎麼回事，李英說道：「劉倩也一起去吧！」

待二人離開以後，母親說道：「這兩個孩子還真走到一起去了！」

「兒子出息了，以後不用咱們操心了。」

「是啊，可是咱閨女……」母親說著就流下了眼淚。

李傑知道父母有意成全自己和劉倩，但是劉倩對於他來說，不過是個好朋友，李傑心目中的女人不是這樣的，雖然他也不知道自己到底想要什麼樣的。再說，娃娃親歸娃娃親，現在不是封建時代，可不能當真。姐姐的未來和母親的病都需要他操心。

李傑看了一眼姐姐，這幾天她開朗了很多，再也不是那副憂愁的樣子了，姐姐應該是無憂無慮的年齡。李傑總是覺得虧欠姐姐太多，不知道如何來報答。

隨著下課鈴聲響起，人如潮水一般湧出。李豪直接衝了出來，因爲今天哥哥來接他。

「哥！姐！我在這裏呢！」李豪在人群中跳著喊道。

「真是一個充滿活力的小子啊！」李傑笑道。

「好像你很老了似的！」劉倩說道。

李傑當然很老，作爲李文育，他都快三十了，體力已經在下降，總是很羡慕年輕人。

「劉倩姐，你也來了啊！你一直跟哥哥在一起麼？」李豪八卦道。

「是啊！要不是你哥哥照顧我，我說不定流落街頭了！」

「那是應該的，是吧？哥哥！」

「走吧，咱們回家！」

「姐，你變漂亮了！姐姐多笑笑才漂亮！」

「你個小兔崽子！」

月朗星稀的仲夏夜，一家人說笑了好一陣後，終於疲倦地睡著了。因爲天很晚了，劉倩不可能回家，她睡在李傑的床上，李傑只能睡板凳。

真是可憐，連沙發也沒有，屋裏還這麼熱。李傑爬起來，捲起涼席，輕手輕腳地走出屋子。圍著屋子轉了一圈，找了可以攀爬的地方，爬到屋頂上。一陣涼風吹來，感覺爽快多了。鋪上涼席，李傑直接躺在屋頂，開始數星星。

迷迷糊糊正犯睏的時候，李傑聽到又有人爬上屋頂來，扭頭一看，是李豪。

「哥，我來陪你了！」李豪拿著涼席在李傑身邊一鋪，然後躺下看星星。

「你知道天上有多少顆星星麼？」

「不知道……天上的星星有無數個，數不清吧！」

「現在我們大約可以看到兩千五百多顆。」

「哥哥，你數過嗎？」李豪疑惑道。

「其實人類肉眼可見的星星大約有五千八百多顆。」李傑繼續說道。

「你不說只有兩千五百顆嗎？」

「另一半在美國的天上，明白嗎？」

「哦！」

「如果我們用望遠鏡，看到的星星就更多了，一台小型天文望遠鏡也可以看到五萬顆以上的星星。」

「真的啊！天上竟然真的有這麼多星星啊！」

「如果你用最大的望遠鏡可以看到幾億、幾十億、幾千億！這說明了什麼，你懂嗎？」

「科技在進步？」

「當然不是，這是所處不同的位置，所見的就不同，我們在這個小小屋頂見到的只能是兩千多顆星星，其實天上還有很多，我們是看不見的，但是我們如果用了望遠鏡就不一樣！」李傑看了一眼疑惑的弟弟，繼續說道：「這好比我們在這個小地方，看到的永遠只有這麼點人和事，如果你去更大的地方則不同。你也可以這麼理解，一個農民能見到只有自己家的一畝三分地，如果你身居高位則又不一樣！」

「哥，你說話比老師還老師！」李豪笑道。

「你會明白的，弟弟，你這次跳級後還是第一吧！」李傑問道。

「哪裏有那麼容易，開始我在年級排名都出五十名了，但是現在又回到前五名，前面這幾個傢伙太厲害了。」李豪委屈地說道。

「不要怕，我給你帶了學習資料！」李傑笑道。

「哥，你真殘忍啊！我想休息都不讓！」

「其實還有很多好的東西，我沒有給你買，我想過段時間帶母親去看病時，把你也帶上！」

「好啊！我從小到大從來沒有出去玩過呢！」李豪興奮地爬起來，尖叫著。

李傑示意他安靜，繼續說：「母親的病我很擔心，爸媽老了，作爲男子漢，咱們倆要擔起家庭的重任！」

「哥，你放心，我可是你的弟弟，怎麼也有你九成功力！」

「到時候我會帶你一起去北京城，到時候你會明白我今天跟你說這番話的含義。記住，不要滿足於眼前這點東西，當你變換了所處位置的時候，你會發現所做的遠遠不夠。」

「哥，那劉倩姐怎麼辦啊？她要做我嫂子麼？」

「別亂說。」李傑沒好氣地道。

李豪又來了精神，爬起來興奮地說：「哥，你真的當陳世美啊！等我去了讓我看看嫂子啊！看看是不比劉倩姐漂亮！不過劉倩姐這次回來，打扮了一下還真漂亮！比我們學校最漂亮的老師還漂亮！」

李傑無語了，這個純潔的孩子，跟自己沒混幾天成這樣了。

接下的一段時間，李傑閒暇時給李豪講解一下作業題，主要是教他英語。在鄉下小地方的學校，最薄弱的就是英文。很多小地方的學生上大學以後，發現自己學習的是啞巴英語，只會寫不會說，聽力也差勁。

李傑又說服母親去京城看病，費了一番口舌。母親覺得自己的病沒有那麼嚴重，她總是覺得能拖就拖，這也是眾多母親的特點，當然是農村的母親，她們甚至有病都不去治療，看病太貴了。她們不希望拖累兒女，拖累家庭。

還是李文育的時候，在醫院看到過不少這樣的病人，檢查完了就回去了，竟然不治療，如果治療，他們的病還是有很大把握好的，不治療只能等待死神的到來。

每次遇到這樣的病人，李傑都會儘量地幫助他們，他覺得心慈手軟也許成不了什麼大事，但是卻可以當個好醫生。他不能看著母親被病魔奪走生命，無論母親怎麼反對，都要帶她去醫院。

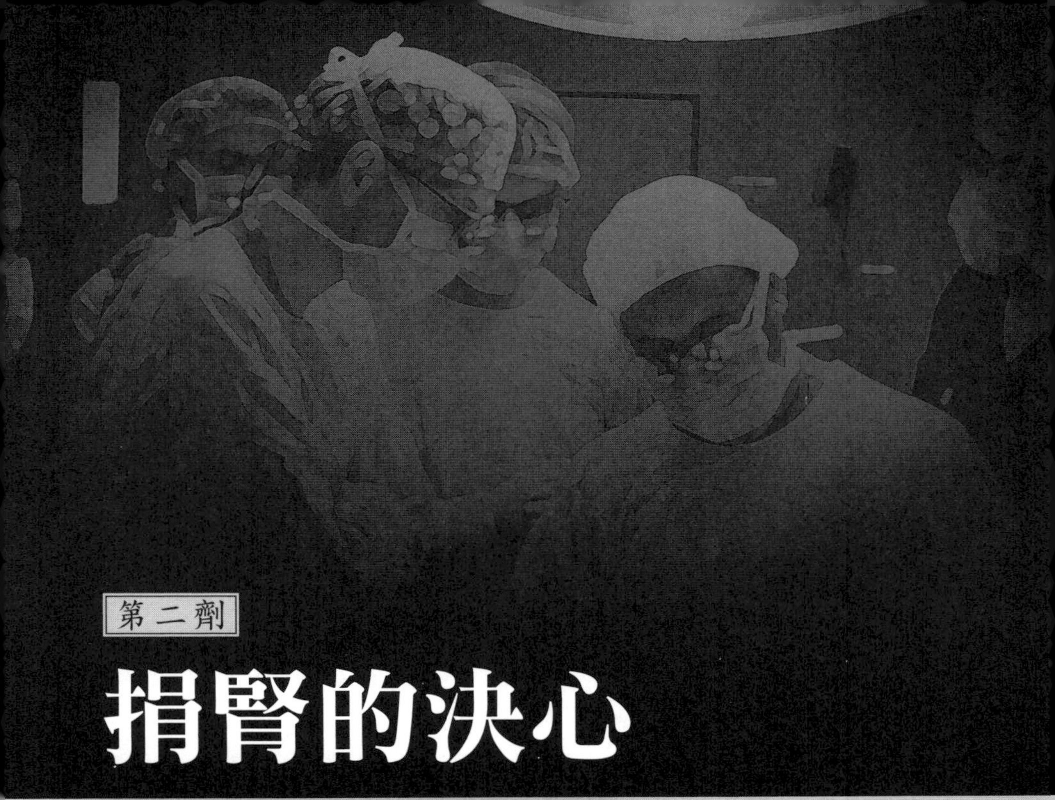

第二劑

# 捐腎的決心

小飛作為混混，幹了很多壞事，
李傑那天如果不是認識他，或許已經被小飛打得殘廢。
但沒有人是天生有罪的，也沒有人不可以改正，
如果可以拯救一個人，那麼就該把握機會。
「李醫生，要是移植的話，我的腎臟可以用吧？我媽能活吧？」
小飛的面容在一天之內憔悴了不少。
「你不要著急，你要知道你還年輕，如果少了一顆腎，對生活是有很大影響的！
你要考慮好！而且你的腎臟也不一定能用！」
「沒有什麼需要考慮的，只要能救我媽怎樣都行！
我一定要讓我媽健康地活下去！」

李傑的母親沒有走出過縣城，京城是她到過最遠的地方。李傑在學校附近找了一個便宜的房子住了下來。

母親能走出來也很勉強，她總是在擔心父親沒有人照顧，如果不是姐姐陪父親，李傑恐怕要把家裏人都接過來。

姐姐算是徹底離開了那個混蛋男人，她現在已經變回了李傑印象中的那個開朗活潑的姐姐。

楊牛在那次事件以後，來道歉想接李英回去，被李傑趕了出去，並且退還了當年的彩禮。楊牛似乎很害怕，視財如命的他竟然連錢都沒敢接就跑了。

李傑覺得應該幫姐姐找個好男人，但一想不能著急，就算姐姐再找一個男人，也需要她自己喜歡。

李傑租了一個兩居室的房子，他也要出來住了，因爲馬上要實習了，學校寢室已經沒有他的名額。

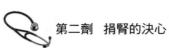

李傑帶弟弟在京城玩了幾天，就送他回去了。弟弟在臨走的時候說：「哥哥，我覺得石清姐姐比較好，就讓她當我的嫂子吧！」

「弟弟真是讓我教壞了。」李傑無奈地搖搖頭。上次出去玩的時候正好碰到了石清，就結伴玩了一天，才幾分鐘弟弟就跟石清混熟了，就總是唆使李傑娶石清，把劉倩的好處忘得一乾二淨。

李傑在回到京城以後有意跟劉倩保持距離，他可不想再讓母親以娃娃親爲藉口撮合他們。對於石清……李傑覺得應該先去學校或者陸浩昌教授的實驗室。

李傑因爲回家向實驗室請了個長假，從上次無恥地賣給陸浩昌電腦後，一個多月以來都沒有去過。

上次見到石清，李傑不想破壞遊玩的氣氛，所以沒有談工作的事情。按照李傑的推算，現在實驗藥物應該開始在臨床上試用了。當他到了實驗室的時候，發現進度要比他想的快得多，藥物的動物試驗已經完成，人體的臨床試驗也進行了十幾例，正打算進入最後的臨床試驗階段，而試驗的主要場所之一就是李傑正在實習的第一附院。

李傑看著試驗計畫，沒有說什麼，不在的這段時間裏，整個試驗的研發先鋒就是馮有爲，他發瘋一般地工作，終於在研究上取得了一些突破。

「看來馮有爲的實力還是那麼強啊！」李傑感歎道。不過他不在乎，他實習的第一附屬醫院也是藥物的臨床試點之一，在後續研究上還是很方便的。

陸浩昌此刻也不急，馮有爲已經將臨床上藥物出現的問題全部解決了，現在就是等待藥物的驗收。對於李傑的回歸，他也沒有多表示什麼，現在李傑是他的博士生，他只是盡責地佈置了一下學習計畫，李傑的論文也已經確定，就是免疫抑制劑的研究。

第一附屬醫院外科大樓，X層X室心胸外科。

王永眉頭緊皺著走出來，手裏拿著醫學影像圖片，這是李傑母親的檢驗結果。李傑看到王永的樣子，就知道母親的病情比自己預計的要嚴重很多。雖然早有準備，但要接受這樣的事實還是有點困難。

「李傑，全面的檢查結果出來了，情況不是很好！」王永以前對於學醫的人都是實話時說，但是這次，他卻不能不考慮李傑的心情。

「謝謝你了，王主任！直接說吧！」

「李傑，我先給你打打預防針，你母親的病情不容樂觀。」王永似乎是下了很大的決心，才說出了這句話。

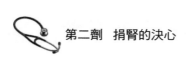

「這個我也知道！我已經大致猜測出了病情，只是不能確定而已！」李傑早已做好了心理準備。

「根據檢查，升主動脈瘤直徑超過五十毫米，主動脈瓣嚴重關閉不全，左心室擴大到七十五毫米，心電圖有心肌缺血，必須手術……」

李傑猜測到的最壞情況發生了，母親的病情比想像的還要嚴重。

「住院觀察幾天吧！你母親身體狀況不太好，手術對身體損傷很大，這段時間好好調理一下……」

「嗯！王主任拜託你了！」

「哪裏的話！」

當李傑同母親提出住院的時候，母親問了一句：「兒子啊，我不住院，都檢查完了還住院幹什麼啊！多費錢啊！」

「媽！你的病必須快點治療，住院治療最好，最省錢，您放心，我也是醫生！」李傑說著，還讓母親看看他剛剛領的牌子，上面寫著「實習醫生李傑」。

母親看著兒子成爲醫生很是欣慰，她相信兒子的話，不再拒絕住院。母親總是想著如何省錢，一直不願意來醫院做檢查，這也是多數窮人的想法。其實李傑很想說，省錢是不會富裕的，要賺錢才行，只有賺錢才能讓家裏人過上富裕的生活！

「石清？」李傑將母親送進病房，發現眼前一個背影很熟悉，於是試著叫了一聲。

那個美麗的背影轉過頭來，真的是石清。

「你怎麼在這裏，還穿著醫生的衣服！你難道是爲了來陪伴我麼？」李傑自戀道。

「別臭美了！這個臨床實驗基地是我負責的！」石清嗔怒道。其實她說這話有點底氣不足，實驗室裏除了李傑，每個人都分派到一個重要的臨床實驗醫院，她是知道李傑在第一附屬醫院的，也不知道爲什麼竟然要求來這裏。

李傑覺得石清微怒的樣子很好看，不過他可不敢繼續，萬一對方真發怒了可不得了。

「你現在就來實習了？」

「我母親住院了，我要去給她買點東西！」

兩個人正說話的時候，突然傳來一個甜美的聲音，含糖量三個加號。

「李傑嗎？」

李傑向著聲音傳來的方向望去，卻是一個漂亮的小護士。仔細打量一番，似乎有點眼熟。

「李傑，你不會把我忘了吧？」小護士看著李傑不明所以的眼神，有點生氣地問道。

「沒有，沒有，我怎麼會忘記姐姐啊！」李傑想起來了，這個不就是那天去打聽張璇病情時說過話的小護士嗎？也難怪她如此生氣，自己那天放了她的鴿子沒有賠禮道歉。

「哼！哼！上次我可等了你半個多小時！」

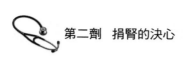

「下次不會了！」

「還想要下次啊！那要看你的表現！我也許還會給你一個機會！」

「放心，爲了你，我都選擇在這裏實習了！」

從開始石清的怒氣就在一點點上升，現在她覺得自己怒火已經滿了！本來還打算與李傑一起給他媽媽買點東西，現在她已經失去了理智，轉頭走了。

等李傑好不容易擺脫了漂亮的小護士，發現石清已經走遠了。

「女人的嫉妒心真是可怕！」李傑喃喃道。

新人在任何行業裏都是最累最苦的，作爲菜鳥，就要好好地從基礎做起。李傑也不例外，雖然他是天才學生，雖然做爲李文育曾經在臨床上工作了很多年，但他一直很小心很敬業地工作著，每天都在做新人應該幹的基礎工作，而且這段時間他也老實了很多，甚至都不調笑那些小護士了。因爲上次的那個護士，石清一直在生氣。

醫院裏少數人對於李傑的低調卻並不領情。

「天才？說那個小子是個天才，無論什麼人到我這裏，我讓他躺下就要躺下，讓他趴下就要趴下！這裏是我的天下！」袁醫生叫囂道。他從看到報紙的時候就認爲李傑肯定是浪得虛名，憑什麼他能提前畢業，爲什麼自己要老老實實上五年課程，然後在醫院摸爬滾打幾年才混到個主治醫生的地位？他覺得很不平衡，必須好好教訓一下李傑，這就是所謂的嫉妒心理。

李傑一點兒也不理會別人怎麼想，各種各樣的想法，如果他都去猜測還不累死啊！所謂兵來將擋，水來土掩。

夜裏，鬧鈴的滴滴聲響起，查房的時間到了，實習醫生查房是很重要的學習機會，李傑每次都不會缺席。

今天晚上正好是袁醫生查房，李傑跟在他的後面檢查病人的情況。他在查房的過程中不斷地問一些問題，李傑的回答也很正規，但袁醫生總是雞蛋裏挑骨頭，指出那些莫須有的錯誤，李傑對於他這種做法也很無奈，知道這個傢伙很明顯在針對自己。作爲實習醫生應該保持應有的謙遜，早在孩童時代李傑就已經練就了一種功夫，無論訓斥他什麼，他都可以做到表面上在聽，心裏卻在想著別的事情。

「李傑，這個病人是你照顧的麼？」袁醫生問道。

「是的！我……」李傑還沒有說完，就被袁醫生打斷了。

「你這麼處理病人是錯誤的，你看他燙傷部位是大腿，你需要塗藥防止血管痙攣，還有，你看皮膚表面的皮紋，還有水泡……」袁醫生一邊說著，一邊指著病人的患處。他發現李傑在認真地聽著，不由更想多說幾句。

可是病人的表情似乎有點奇怪，臉色越來越難看，時而疑惑，時而驚恐，最後各種表情同時出現，比燒傷的部位還難看。仔細一看，病人的目光似乎並沒有集中在袁醫生身上，而是在他的身後。袁醫生回頭一看，李傑還是一臉肅穆地在聽講。

難道自己見鬼了？袁醫生搖搖頭，李傑一點反抗也沒有，他覺得自己這樣講一點意思也沒有，於是繼續去查下一個病人。

可憐的病人，當袁醫生講的時候，他覺得自己怎麼這麼倒楣！小李醫生白天還說，這點傷一點問題也沒有，還說有一種新的方法可以讓他這幾天就出院，他非常相信，甚至把小李醫生當成好朋友，還約了以後出院帶他去夜店玩玩。可是一轉眼，這個年紀大的醫生就開始批評小李醫生。而小李醫生呢？他一臉嚴肅地聽老醫生的訓斥。莫非小李醫生對自己的診斷錯誤？

可憐的病人，以爲小李醫生真的把自己當實驗品了。他很驚恐，很害怕，也有點憤怒。但是隨後他發現，小李醫生的表情很怪異，他似乎要說什麼，面部表情很誇張，但是卻不發出聲音。看了一會兒終於明白了。小李醫生是要告訴他什麼，卻不想讓這個年紀大的醫生聽到，所以他在用口型來表達。

小李醫生的表達能力真是不錯，病人已經大致明白了，他說的話大概是：你不能聽他的，他說的不對，我說的才是正確的，教科書上都是我的方法，你要是聽他的方法，那你的小弟弟就保不住了！

李傑表情雖然古怪，但是眼神堅定肅穆，讓人覺得他不是在騙人。再加上李傑說出的重點詞語「小弟弟」，對於一個大腿內側受傷的人來說，最怕小弟弟保不住。

李傑感覺嘴巴都要抽筋了，不過還好，病人明白了自己的意思。李傑最後一句是嚇唬病人的，要不然這個傢伙肯定被袁醫生迷惑，轉而與自己翻臉。

不過袁醫生也真是可惡，李傑恨恨地想，別說自己的方法沒有錯誤，就算是有錯誤，不能在背後說麼？說對了能顯得你醫術高超麼？說錯了只會挑起不應該發生的醫療糾紛。

就算李傑做錯了，袁醫生也是有責任的，應該由老醫生提前告知病人的注意事項，而他卻在這個時候來說，明顯就是在打壓李傑，對他耀眼的成績很嫉妒。

李傑很努力地抑制自己的衝動，他想罵人，但是克制住了。他現在是提前畢業的代表，不想因爲這麼點小事弄出什麼麻煩。況且病人的表情告訴李傑，袁醫生的話他根本不相信。

看來，還是「小弟弟」這個詞起了關鍵作用。

事實會證明誰是傻瓜，誰是勝利者。本以為圓滿了的事情卻沒有過幾天就出了岔子，病人出院的時候竟然被袁醫生撞到了，袁醫生很清楚自己的方法需要多長時間，很明顯李傑沒有按照他教導的方法來做，如果病人的病情惡化了，也許袁醫生會很得意，可惜的是，病人竟然提前好轉出院了，袁醫生覺得自己的臉面丟盡了。

這件事的結果就是，李傑在這個科室的實習提前結束了，無辜的他竟然在醫院裏被傳成了妖魔化的人物，袁醫生真是一個「毒舌」啊！

李傑接下來要去哪一個科室也成了麻煩的問題，最後在王永的安排下，他被分配到了急診科。看著不情願的李傑，王永安慰道：「我也是為你好，你是知道的，急診科的病人比較多，你也可以練練手，不是我不夠意思，我覺得這是醫院器重你。」

「我的天啊！又是急診室，又是值夜班啊！你乾脆一記更加猛烈的閃電把我劈回去吧！」李傑只能在心裏發出無聲的抗議。

其實李傑有點懶，實習生動手是很難得的機會，並不是每個人都有的。從這點上看，醫院已經很照顧李傑了。當然這也是醫學院院長馬雲天的意思，但也正是這樣，引起了醫院少數人的仇視。這種心理與仇富心理有點類似，大家都憎恨那些走法律空子的暴發戶，其實李傑很冤枉，他並沒有攀關係，他可是真才實學！

急診室裏的實習生不僅僅有李傑，還有一個師兄，他是一個本科實習生，論學歷不如李傑，但是年紀比李傑大，入學比李傑早，所以李傑叫他一聲師兄也是應該的。

因爲「師兄」兩個字，他覺得李傑是個有爲的好青年，自己應該擔負起做師兄的重任，給他講解一下醫院的事情。

「醫院的水很深的！」師兄告誡道。

李傑使勁點頭，其實他早知道所有的醫院都是這樣，應該說所有的國企都是這樣，鉤心鬥角，講究的是人情世故！

「而且這水中還有很多水怪！」師兄繼續告誡道。

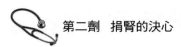

「說得沒錯！師兄，你說得太對了！」李傑覺得自己找到了知音，想想那個與自己作對的袁醫生，他不就是一頭恐怖而且醜陋的大笨蛋水怪麼？那麼其他人呢？石清應該是一隻漂亮的女水妖，王永是向著禿頭水怪進化中的好心水怪吧！似乎動漫看多了……

李傑在與師兄接觸了一段時間以後，發現他是一個口齒伶俐的強大理論者，對於他的理論甘拜下風。

很多時候，李傑在醫學方面的討論都會敗給師兄，但是師兄有一個弱點，動手能力比較差，而且經常會出現一些錯誤，因此李傑將很多動手的機會讓給了他，讓他多鍛煉鍛煉，同時李傑也可以偷偷懶，這個時候他看來就像一個慵懶的老醫生。

新人晚間查房是必不可少的任務，無論李傑是否值班都需要查房一次再回家，因此他也很無奈，但這是醫院對他的特別照顧，而師兄則是在李傑的唆使下自願留下。

夜裏，主治醫師帶著兩個人開始查房，這個醫生比起先前的袁醫生要和藹得多，人品醫德都很好，李傑很尊敬他。其實在醫院裏，像袁醫生那樣的人還是比較少的。主治醫生每檢查一個病房，都會不厭其煩地向李傑講述病人的致病機理，具體病理變化，以及治療方法等。這些知識不是課本上可以學到的，很多疾病的變化要親眼看到才能夠記住，才能真正明白，這也是師兄爲什麼喜歡跟李傑查房的原因。

「你們看這個病人已經昏迷，她因車禍住院有輕微脊髓損傷……她現在明顯尿瀦留，需要導尿。你們準備一下，給她做導尿！」

李傑和師兄對望了一眼，沒想到竟然讓他們做導尿，李傑很大方地拍著師兄的肩膀說：「師兄，這個任務就交給你了！這可是難得的機會，你以前沒有做過！」

「可是……」師兄想說什麼，卻被李傑打斷了。

「別可是了，這麼好的機會你怎麼能放棄，你不是下定決心多動手麼？這個操作我以前做過，你還沒有做過，所以讓給你是應該的，我們關係這麼好，感謝的話就不用說了！」

所謂尿瀦留就是尿路障礙或神經性功能障礙，從而導致大量尿液積蓄在膀胱中而不能排出或排出不暢的病症。說白了就尿不出尿來，這個患者是明顯的神經性障礙。李傑把導尿的機會讓給師兄原因有兩個：第一，他的確想將動手的機會讓給師兄；第二，就是私心在作怪，他挺討厭做導尿的工作，特別是對於這個患者。

他還記得這個患者被送到醫院的情景。大約是傍晚時分，門外響起一陣刺耳的救護車聲，緊接著一個穿著時髦的妖豔少婦，渾身是血被抬了進來。經過醫生們的全力搶救，她基本沒有什麼問題，現在處於術後的恢復階段，用不了多久就會醒來。

這名少婦是一個小有名氣的企業家的妻子，這次進醫院是因爲車禍，這車禍的原因說起來就讓人氣憤。她開車撞傷了人卻不報警，而是逃逸，結果因爲過於緊張發生了車禍，最可惡的是她的家人還妄圖狀告那個被撞倒的人賠償寶馬車。

李傑最恨這種人，所謂刁民惡徒不過如此。這樣的人他看到都覺得可惡，恨不得教訓一頓，更何況去救。醫院規定，做導尿這樣的工作不許一個人操作，帶李傑的醫生因爲腹部脹痛去了ＷＣ，所以李傑一直在一邊看著，很快，師兄就做完了手部清潔，戴上橡膠手套準備做導尿。

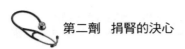

師兄有些激動，手有些發抖，李傑不禁感覺好笑，師兄學習很好，醫學方面的知識扎實牢靠，如果只論書面知識，他很厲害，可是動手能力卻差到了極點。

李傑看師兄忙活了好一陣，卻還沒有做完，便問道：「師兄，你在搞什麼啊，怎麼還沒弄好？」

「沒有尿啊！是不是老師弄錯了？」

「你可小點聲，老師雖然是個和藹的人，可是權威不容置疑，小心惹火了他，以後不帶你了！我來看看！」

李傑說著走了過去，一看不禁樂了。師兄用衣袖擦著滿頭的汗水，疑惑地問道：「李傑，怎麼了？」

「你插錯了，這不是尿道，尿道在上面！你快點，一會兒老師來了，你就慘了！」李傑強忍著笑說道。

李傑覺得師兄太有才了，竟然分不清尿道與陰道，想來都是封建思想惹的禍，估計師兄是一個很害羞的人，上中學那會兒沒有好好學習女性會陰部位的結構。

運氣不錯，主治醫生還沒有回來，如果被發現，估計師兄會被罵個狗血淋頭，還會成為笑柄，最終可能因為輿論壓力被醫院趕出去。

在接下來的查房過程中，師兄精神很是萎靡，顯然是受到剛才事件的影響。查房結束以後，李傑也沒有再好意思與他開玩笑。

根據李傑剛才的觀察，那個少婦很可能已經恢復了部分知覺，頭腦可能是清醒的。不知道以後師兄要怎麼面對她，但願自己別害了他才好。

後來證明李傑的想法果然正確。少婦還需要住院一段時間，從上次師兄對其進行錯誤插管後，每次她看見師兄便有點不好意思，尤其是換藥的時候，少婦臉上就有點掛不住了。不過後來，少婦變得大膽了，開始主動對師兄發動攻擊，結果是，師兄招架不住主動要求調離崗位。

原來這是一個花癡少婦，可憐的師兄！李傑感歎道。

「王永，李傑你給我帶走，我是沒法帶他了。」急診科的一個主治醫師戴著老厚的眼鏡，氣得走路都在打晃，他推開心胸科辦公室的門，向王永喊道。

王永思索著，前幾天大家還誇獎李傑懂事，怎麼現在又惹麻煩了。

「坐下喝口茶，消消氣！跟小孩子一般見識什麼！」王永笑道。

王永是醫院裏的大紅人，主治醫生也不好再繼續發火，便坐下將事情複述了一遍。王永從他斷斷續續的抱怨中總算是明白了，原來就在剛才的一個手術中，他提拔李傑擔任第一助手，李傑不但沒有報恩，還犯了這位主治醫師的忌諱。

「這也怪你自己，誰讓你一天到晚光想著如何鑽營，又不好好提高自己的水準，還動不動愛顯擺，總以爲自己很有學識似的，讓李傑抓到漏洞，也是活該！」王永其實也看不慣這個副主任，不過這些話只能在心裏說。

「您老消消氣，李傑就是個年輕人，這年輕人麼，難免會有自大狂妄的毛病，我替他給您道歉。」

王永給足了主治醫生的面子，於是他的口氣軟了下來，說道：「你道歉我真不敢當。李傑太傲了，昨天當著那麼多人的面，竟然跟我爭論，那可是人命關天的手術，你說說看，他是不是有點太過分了！」

提到昨天晚上的事兒，主治醫生的聲音不自覺地提高了。

「給您添麻煩了，我肯定好好教訓他！」王永笑著，心中卻是無限地鄙視。他清楚李傑的爲人，對這個主治醫生的技術也瞭解得很，他有八成把握可以確定是對方的手術出了問題。

「人還給你了，我帶不了他了！」主治醫生丟下一句話，便氣呼呼地離開了。王永看著他有點扭曲的臉，笑了起來。

「李傑，看來你只能跟著我學習了。」王永對坐在椅子上無聊地擺弄著手指頭的李傑說。

「跟著王主任學習當然最好，我早就想跟你學習了！」李傑恭維道。他知道得罪了那個厚眼鏡醫生，還聽說他來找過王永。

「你以為我是想要帶你麼？還不是你總惹麻煩，現在醫院沒有人敢帶你！」王永生氣地說。

「這也不能怪我啊！他手術出現錯誤了，我能不糾正麼？我不說倒是能保住自己，但病人就慘了！」李傑辯解道。

王永其實已經猜得八九不離十，李傑的話更證實了他的想法。

李傑也一直在克制自己，這個醫院總有少數人在找他的碴兒，這就是出頭鳥的悲哀。

「你母親的手術我已經計畫好了，這是病理分析。」王永說完把病歷遞給李傑。

當李傑翻開病歷的第一頁，便看見「升主動脈根部瘤」這幾個字用紅筆圈住。他又仔細地翻看了一下病歷，只見病歷中寫：升主動脈根部瘤直徑超過五十毫米，主動脈瓣嚴重關閉不全，左心室擴大到七十五毫米，心電圖有心肌缺血，建議儘快進行手術……在病例的後幾頁還附有一系列的輔助檢查單據。

「手術難度很大，你母親身體狀況也不是很好，也許我們需要對這個手術再討論一下。你母親留院觀察這段時間，還要好好調理一下身體，我們會儘快準備手術的。」

李傑看著病歷，想起母親那慈祥而蒼老的面容，由於過度操勞、營養不良使母親的身體不堪重負。他不由一陣心酸，突然有一個大膽的想法：自己來給母親做手術！

母親的手術難度大風險高，如果憑藉自己的技術，成功率會很大，但是……做手術的時候最忌諱情緒，還記得老師曾經教導過：上了手術台，就要將病人當做器具。只有心如止水，才能最大程度地把手術做成功。

想到這裏，李傑放棄了自己的想法，這個想法太不現實了，也許自己動手，母親手術的成功率反而不會大。

「王主任，我想把母親的手術作爲博士論文課題。」李傑說出了讓王永震驚的話。既然不能做手術，那麼就爲手術的改良做一部分貢獻吧！

王永歎了一口氣，陷入了深深的沉思之中，他大致猜到了李傑的想法，也爲他的孝心感動。這次手術的風險之大，可以說動手術都很勉強，除非病人家屬強烈要求，否則可以放棄不做的。以李傑母親的身體狀況，年齡較大，身體承受方面不是很樂觀，在短期內改進手術方法治療只能是一種美好的願望。

「李傑，我能理解你的孝心，但你沒有必要用這種方式來表達！你要知道，以國內的水準，我現在做此類的手術都如履薄冰，你這樣有點過於魯莽了！」

「王主任，這是我的一次機會。」李傑的目光看起來格外堅定。

「機會？」王永不解地問道。

「一次可以報答我媽的機會，我考上醫科大學的第一個理由就是報答母親的養育之恩，我媽受了太多的苦。」李傑堅定地說。

「我理解你的心情，不過你別太鑽牛角尖了！寫論文如果有困難的地方，可以問我或者其他的老師，江振南教授是一個不錯的選擇。」王永拍了拍李傑的肩膀走了出去，將他一個人留在了辦公室裏。

在外人看來，李傑這是托大，是初出茅廬的無畏。可是李傑自己心裏明白，手術的改良他完全可以完成，他作爲李文育的時候，就是專門研究心胸外科，現在的手術方法不是完全適合母親的病情。

李傑被分配到王永的手下後如魚得水，心胸外科是他以前幹了幾年的工作，重操舊業當然輕鬆且順利。

王永對其表現也很滿意，覺得李傑果然不是浪得虛名的人物，各種基本功都很扎實，在經過一段考驗以後，他很快就帶著李傑進了手術室。在手術室裏，王永驚喜地發現自己撿了一個寶，李傑對手術全局的掌控簡直和自己不相上下。

王永覺得，李傑似乎可以預料手術過程一般，自己下一步的手術操作，往往都在他的預料之內，作爲助手，李傑可以提前做出準備，正因爲這種表現，使手術異常地輕鬆和迅速。以前手術過程中，助手一直沒法跟上王永的節奏，現在有了李傑，真是如虎添翼。

王永覺得李傑這個麻煩小子，只有自己才能制服，往往天才與強者都是桀驁不馴的人物，馴服他們的方法除了情誼，就是比他們更出色。

「師姐，我跟你說……」這天手術完成以後，李傑一邊收拾手術器械，一邊和同一科室的護士聊天。自從他被調到心胸外科以後，就跟師兄分開了，再沒有了聊天的人了，好在科室裏還有一些剛畢業的護士。李傑隨便挑出一些笑話講，逗得師姐一陣笑。李傑那雙大尾巴狼一般的眼神，猶如一把鋒利的手術刀在師姐身上轉來轉去。幸虧王永不在，要不然可得把他氣得吐血。

「李傑，我怎麼覺得自己膚色不太白，怎麼辦？」

「有辦法，我跟你說一個秘方，絕對讓你的膚色看起來更加白皙哦。」李傑正打算將獨家秘方說出來的時候，突然聽見敲門聲。

「李傑，你如果有空出來一下！」門口的石清特別把「有空」這個詞說得有點重，而且臉色極度難看。

李傑覺得自己的胳膊又淤血了，石清剛剛以老師的名義教訓了李傑。石清本來聽說他最近很乖，便來看看這個傢伙到底有多乖，順便告訴他一些事情，誰知道他竟然又在……

石清教導李傑一番以後，氣消得差不多了，便開始說此次來的目的。原來實驗室的免疫抑制藥物出現了問題，對於個別身體特異的人來說，會出現一些不可預計的反應，雖然只是極少數的人，但作爲一個成功的藥物必須解決這個問題。

現在，大家都在各個臨床實驗基地做藥物的跟蹤資料記錄以及分析效果解決問題，但研究並沒有停止，所以攻克技術上的難題，找出不良反應的原因已經成了首要任務。

石清將整個問題複述完以後，看著不爲所動的李傑，有些不明白。按照李傑的習慣，他應該很興奮才對。

「讓他們去做吧！這個問題不是很難！」李傑從沉思中醒來。

「不是很難？難道你有辦法解決？」石清驚訝道。

「嗯，時間充足的話，沒有問題！」

「那你爲什麼這副半死不活的樣子！」石清看著李傑一副似乎漠不關心的面容，問道。

「其實沒有這個必要了，你也挺了解馮有爲的吧！剛才你說是他的實驗基地首先發現了這個問題……」

「哦，我明白了你的意思！你意思說他已經找到了解決的方法，然後才報告上去的？你爲啥想法總是這麼陰暗呢？」石清沒好氣地道。

「是的！他現在已經走進了死胡同，全心全意想壓倒我！如果這樣下去，我怕他變得瘋狂。」

「雖然我不能同意你的方法，不過我也覺得有爲變了！其實他以前是很好的一個人，只不過不善於表達。」

「也算是這樣吧！這次是他又一次可以在陸教授面前重新展示自己的機會。況且，馮有爲也十分需要這樣的一次機會。」

李傑說得沒有錯，馮有爲的確需要這麼一個機會，自從李傑來了以後，他處處不順，如果長此以往，他會瘋狂會墮落。

「李傑，還有一件事你知道麼？陸教授似乎要去國外發展。」石清說出了一個李傑從來不知道的情況，「陸教授不會自己單獨去。」

「那這新藥……」李傑不知道陸浩昌是不是也要把藥物一同帶走。

「具體情況我也不太清楚，我目前知道的就是這些。」石清搖了搖頭。

「那你呢？」李傑隨口問道。

「我也不知道，我還有一年的時間才畢業，現在還沒有決定。」石清的眼神有點迷茫。

李傑突然覺得頭腦有點亂，石清難道想出國？他突然想起前段時間看的報紙，出國，對於這個時代的年輕人來說是一個夢想！李傑想對石清說些挽留的話，卻不知道如何開口。

「我聽說你母親的病了！」

「需要做一個手術，難度挺大，王主任在準備！」李傑老老實實地說了。

「小李醫生，小李醫生，可把你找到了。」一個瘦弱的青年一路奔跑過來，緊緊地抓住李傑的手，似乎抓住了救命稻草一般。

李傑嚇了一跳，怎麼突然跑出這麼個人來？仔細一看，這不是流氓小飛麼？自己給他看過腦袋，後來幫劉倩找工作的時候還見過他，怎麼他跑到這裏來了，還哭哭啼啼的？李傑記得這個傢伙很有男子漢氣概的，上次腦袋出那麼多血都一聲不吭。

「怎麼了？你別著急，慢慢說！」李傑看著氣喘吁吁的小飛說道。

「我母親，我母親……」說著，小飛的眼淚已經流了出來。

李傑拍著他的肩膀安慰著，突然發現周圍人的眼神不對，那是一種什麼眼神呢？對，是一種看異類的眼神。面對著那特別的眼神，李傑認為還是先把小飛領到一邊去比較好。

可是，李傑發現他們的眼神更加怪異了……

小飛哭了好一陣，才慢慢恢復過來。李傑還以為他母親去世了，誰知道不過是暈倒了，這會兒剛剛送到了醫院。

李傑被小飛拽著到了住院部，在路上把情況聽了個大概，原來小飛的母親身體不好，今天早上忽然昏倒了。

小飛的母親戴著呼吸器，靜靜地躺在病床上，幾個輸液瓶一起輸入著維持生命的藥液。李傑向醫生詢問了一下病情，又看了一下各種檢查的資料，便將小飛叫到門外。

「小李醫生，我媽怎麼樣？」小飛著急地問道。

李傑看著小飛焦急的目光，看得出來他雖然是一個流氓混混，但是對母親卻很孝順，李傑覺得告訴他實情是非常殘忍的事情。

「你母親的病的確嚴重，但是別擔心，還是可以治療的！」

小飛覺得整個世界崩潰了。李傑說了很多，他都不記得了，他腦袋裏始終迴響著幾句話：需要進行臟器移植，花費巨大，手術風險很高，成功的把握並不大。

小飛一個人坐在病房外的長椅上，長廊空蕩蕩，不時從遠處傳來一陣腳步聲，又漸漸消失。他想到自己小時候總是淘氣讓母親操心，現在終於明白母親的苦心了，想著自己有錢了，要讓母親好好享幾天清福，可錢沒有賺到，母親卻不行了，他深恨自己的無能，這種無能爲力的感覺讓他痛苦萬分。

李傑在走廊的另一頭，遠遠看著小飛一個人坐在醫院空曠的走廊裏。有人說醫生是沒有感情的，因爲他們看多了生離死別，已經麻木了，但是李傑一直沒有這樣的感覺，在他眼中小飛一直是個小流氓，小混混，在很早以前的時候他就討厭這樣的人，但後來偶然的一次，他接觸了一個這樣的患者，漸漸瞭解了他們，發現這些人善良而狡詐，血性但偏激，註定在這個社會是一個異類！

當然，這樣的人半數以上還是社會的毒瘤！李傑想起，小飛懇求他救母親時的真誠：

「我的器官可以給我母親！什麼都可以，就算將我掏空了也可以！求求你了！救救我母親吧！」

病床上躺著一個蒼老的婦女，清瘦的身體上，病服顯得是那樣寬大，慘白的手臂上插著幾根管子，吊瓶裏的生理鹽水和葡萄糖混合著各種維持生命的液體，一滴一滴地進入那蒼老的軀體，氧氣正努力地履行自己的職責，生命監護儀也在「滴，滴」地工作著。

「媽！」小飛趴在母親的病床前，眼淚止不住地流了下來，可母親卻依然昏迷著。

李傑只能安慰小飛幾句，他覺得小飛太過於悲傷，在這裏不合適，於是將他送了出去。

患者腎功能衰竭，已經到了最嚴重的尿毒症階段！除了透析就是腎移植，進醫院以後，經過透析已經糾正了水、電解質和酸鹼平衡紊亂，現在狀況良好，但這麼下去不是辦法，必須做移植手術才是解決之道。

「醫生！」小飛母親用微弱的聲音詢問道，「醫生，你說我還能活多久啊？」

李傑看著眼前這個蒼老的婦人，安慰道：「放心，您的病情不嚴重，相信我，我會治好你的！」

「醫生，你是個好人，謝謝你。」小飛母親看著李傑，幾乎竭盡全力說道：「我自己的病自己知道，我來過一次醫院，他們說我的腎出了毛病，很嚴重的。」

「放心，你的兒子小飛跟我是好朋友！我會幫助你們的！」

「你就是小李醫生吧！他跟我提起過你，以前他就勸我來醫院，說醫院裏他有個醫術高超的朋友。我一直以爲他的朋友沒有好東西，沒有想到還有一個醫生，我以前多麼希望小飛可以做一個醫生啊！可是他現在……」

「小飛是一個好孩子，或許只是走錯了路，他會明白您的用心的！」李傑安慰道。

「是啊！他以前是多麼聽話的孩子啊，小時候每次都是考第一名！從他父親離開以後，他就變成現在這個樣子。我沒有給他一個幸福的家庭，沒有……」

李傑這次在病房裏待了很久，對小飛的狀況也有了一定的瞭解。小飛是單親家庭，由母親撫養長大，李傑其實很是佩服小飛的母親，單親母親的辛酸，他多少是有些瞭解的。

小飛以前很聽話，可自從父母親離婚以後開始變壞，他先是說謊，然後開始蹺課，母親打過他幾次，可小飛還是不聽，到最後退學了，和一群小混混在一起，成了現在的小混混頭目。

小飛的家境貧苦，但是他沒有放棄治療母親，腎衰竭需要做透析治療，治療很貴，而且需要長期治療，當然也有徹底的解決辦法，那就是腎移植。移植手術雖然可以做，但是腎源很難找，還有就是免疫抑制劑，可以用上陸浩昌教授的新藥。

腎臟病的治療費用中包括驚人的血液透析治療，一次血透要幾百，一周要做二次至三次，再加上用藥，一個月醫療費用要幾千。血液透析透只能延緩病情，不是根本解決的辦法。

要想完全解決，必須進行腎移植！可是腎移植手術醫藥費大概要十萬左右，還不包括術後的醫藥開銷。術後藥費中最貴的免疫抑制藥，也就是陸浩昌實驗室研究的藥物，價格十分高昂。

第二天一大早，値完夜班的李傑伸了個懶腰，準備回去睡覺，卻透過窗子看見小飛提著一個保溫飯盒，一臉疲憊地來了。

李傑沒有立刻回家，而是去了小飛母親的病房，看著這對相依爲命的母子。

「媽，這是你最愛吃的。」在病房裏，小飛正在餵母親吃飯。

小飛作爲混混，幹了很多壞事，李傑那天如果不是認識他，或許已經被小飛打得殘廢。但沒有人是天生有罪的，也沒有人不可以改正，如果可以拯救一個人，那麼就該把握機會。

小飛在給母親餵過飯以後，發現了李傑，正要開口，李傑示意他出來。

「你母親的病情你應該知道，手術需要很多錢！」

「李醫生，要是移植的話，我的腎臟可以用吧？我媽能活吧？」小飛的面容在一天之內憔悴了不少。

「你不要著急，你要知道你還年輕，如果少了一顆腎，對生活是有很大影響的！你要考慮好！而且你的腎臟也不一定能用！」

「沒有什麼需要考慮的，只要能救我媽怎樣都行！我一定要讓我媽健康地活下去！」

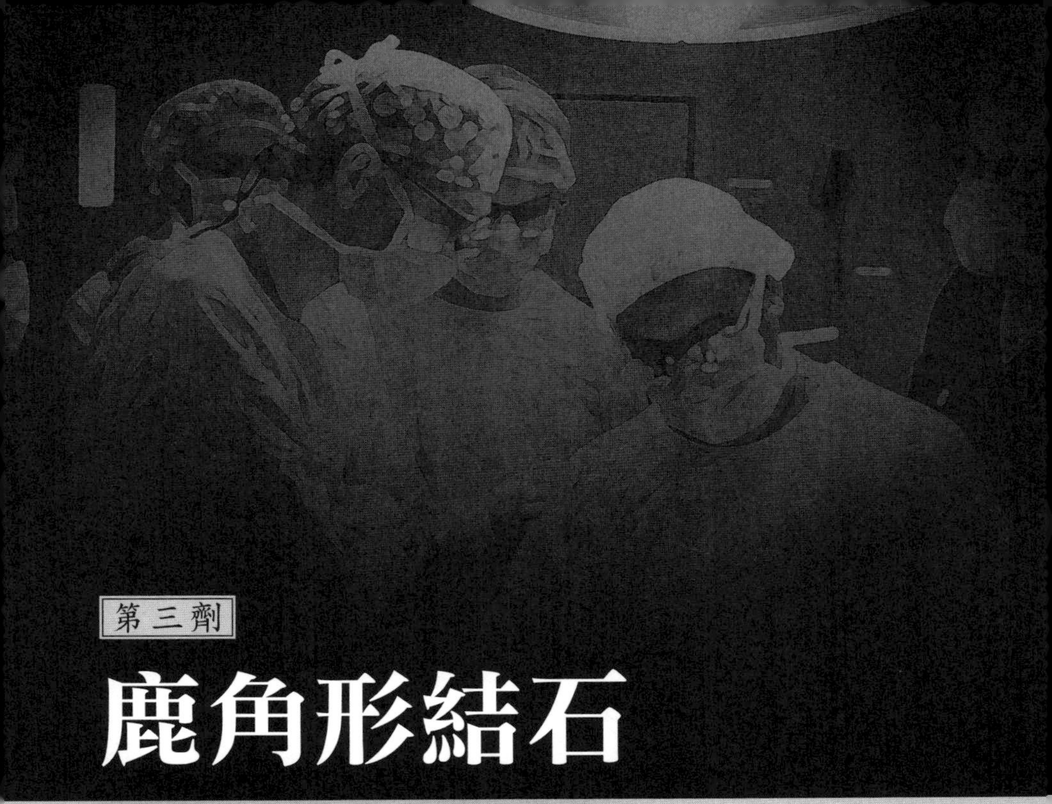

第三劑

# 鹿角形結石

李傑很快找到了目標，但是當他觸及的時候，突然發現有些不對頭！
李傑並不是找不到結石，他的小指剛剛伸進去就已經發現了結石，而且不止一個。
李傑沒有待過泌尿外科，所以他沒有那種傳說中僅僅用手觸就可以摸清結石的大小、數量甚至形狀的變態能力。
但是，這次探察，李傑摸到了取石手術中最不願見到的鹿角形結石，
這種結石無法在通過腎盂的切口取出。
也就是說，手術以這種方法來取石是錯誤的。

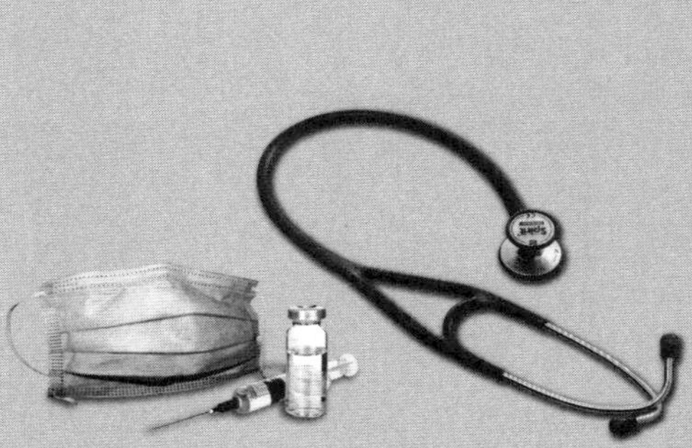

「小李，六零八床病人找你！」

「好了！我馬上去！」李傑正趴在桌子上寫病例，聽到有人找他，終於可以出去逛逛了。寫病例對於他來說是件最痛苦的事情，作爲一個優秀的醫生，李傑有一個很不相稱的地方，那就是寫字不好看，而且很慢。

李傑走到了六樓才反應過來，六零八床的病人不是小飛的母親麼？有什麼事情？

「小李醫生啊！我想麻煩您一件事！」

「伯母您說，能辦到我一定幫忙！」

「小飛他今天沒有來，昨天跟我說了很多，說他會想辦法籌治病的錢！這個孩子做事情不考慮後果，而且衝動，我怕他……」

「您放心，我這就去！」

李傑暗暗後悔，他早應該想到小飛可能會爲了籌集錢，做出什麼傻事來。如果他去搶銀行、搶金店可就壞了！可是，上哪裏去找小飛呢？彷彿靈光一閃，李傑有了主意。

「李哥，我們大飛哥很講義氣，人又和善，那沒得說！」在前面的小弟一路上不停地說著。李傑在小飛經常活動的街上找了一個小流氓打聽了一下，果然認識小飛。

「飛哥就在前面。」

在一家露天小酒棚裏，李傑看到了喝成一攤爛泥的小飛。小飛似乎還沒有停止的意思，一個勁兒地喝著，雖然爛醉，但總算沒有出什麼事，李傑懸著的心終於放下了。不過是借酒消愁而已，李傑還真害怕他去搶劫。

「別喝了，回家吧。」李傑走過去勸道。

「你他媽誰啊？少來管我！老子正煩著呢！」小飛抬起朦朧的醉眼。

「回家！」李傑吼道。

「哦，是小李醫生啊！來，來，來，和我一起喝。」小飛睜開迷離的眼睛，看清來人是李傑，於是拉著他打算再喝幾瓶。

「小飛，別喝了！你已經喝夠了。」李傑勸慰著借酒澆愁的小飛。

「喝高了？我小飛他媽的什麼時候喝高過？老闆，再來兩瓶！」小飛的聲音高了起來。

李傑示意老闆別再上酒了。

「老闆，你聽到沒有？給老子再來兩瓶！」小飛搖了搖桌上空空的酒瓶，發現沒有酒，於是發起火來。

李傑看著小飛的樣子，決定再勸一次：「行了，你別喝了！」

「老子不用你管！老子就是要喝！」小飛用力甩開李傑的手，打算站起來去拿酒。

「好，我就讓你喝個夠。」李傑一把抓住小飛的衣服領子，把他拉到門口的水管跟前，打開龍頭一陣猛沖。小飛掙扎著離開，但是根本沒有多餘的力氣。在水龍頭下，李傑將小飛沖了個痛快，然後把他拉起來，惡狠狠地問道：「你還喝不喝，啊，你還喝不喝，說啊？」

「我……」小飛還沒把「喝」字說出來，李傑就給了他一記響亮的耳光，打得小飛當時就坐在地上，捂著臉不停地喘氣。

小飛的幾個手下一看，趕忙把李傑拉住，勸道：「李哥，飛哥他心裏不好受……」

小飛坐在地上，對著李傑喊叫：「你打死我算了，剛好醫院缺個屍體，我媽缺個腎，打死我，來啊，有種的來打死我啊！」

李傑被幾個小弟拉著，沒辦法再打小飛，臉紅脖子粗地喊：「你他媽這樣，怎麼不去死！你拿這些兄弟給你媽治病的錢在這裏買醉，還算是人麼？你對得起這幫弟兄麼？對得起你媽不？你給我起來，看我不把你打得……」

李傑一直喊著，聽得小飛心裏憋屈。

小飛的幾個小弟看著，一時之間不知如何是好。

趁著幾個人發愣，李傑一甩膀子掙開他們，衝到小飛的面前，照著他的臉就是一拳：

「這一拳是我替你老媽打的！」

說完氣呼呼地一屁股坐在地上，大口地喘著氣。小飛當即就被李傑的這一拳打蒙了，旁邊幾個小弟趕忙走了過去，打算扶他起來。

「滾！」小飛惱怒地推開了幾個小弟，站起身來，坐到了李傑的旁邊，用佈滿血絲的眼睛盯著他，隔了一會兒，小飛向幾個小弟揮了揮手：「你們都走吧，我想和小李醫生說幾句話。我沒有辦法救我媽！我真他媽沒有用！」

小飛說著，哭了出來。

「別這樣，總會有想辦法！」李傑勸解道。

「能想的我都想了，所有能找的人我都找了，可那幾個平時稱兄道弟的混蛋竟然……」

李傑突然覺得小飛真的很可憐，在他最需要幫助的時候，兄弟都拋棄了他，跟著他的只有幾個小弟。

小飛在這一帶很受尊敬，這次他母親出了事，不少小混混都盡力幫他，可他們都不是什麼有錢的人，器官移植是需要一大筆錢。

「小李醫生，我求你幫我照顧我母親，行麼？」

「不行！」

小飛站了起來，指著李傑的鼻子罵道：「我算是瞎了眼，沒想到你他媽也是這樣，不夠朋友！」

「我才是瞎了眼！別以爲我不知道你想幹什麼？搶銀行還是盜竊？你留下你媽一個人，就算身體上的病好了，她也會死在心病上！」

「那你讓我怎麼辦？我除了偷只有去搶！我還能怎麼辦？讓我媽等死麼？」

「你冷靜點！總會有辦法的！」

「有什麼辦法？誰能救我媽？我不能，你能麼？老天能麼？瞎了眼的老天能麼！」

「大飛哥！強哥來了！」小飛的手下湊過來說道。

小飛看了看李傑，轉過身去說道：「小李醫生，希望你能幫我照顧我媽！」

「你站住，你要走我就報警！」李傑吼道。

小飛回過頭來怒視李傑，李傑也毫不恐懼迎上他的目光，就在這個時候，小混混口中的強哥出現了。

「大飛，怎麼這麼慢！大哥還等你呢！哎，這個傢伙是誰？」

李傑看著眼前這個叫強哥的傢伙，一米七的個頭兒，板寸頭，那精壯有力的身體很明顯經過長期的鍛煉，更像一個職業軍人，而不是一個混混。

「小飛，你放心！你母親的醫療費用我可以想辦法，絕對可以進行手術！你不能跟他們走！」

李傑剛說完這裏，強哥的注意力立刻轉到他身上，那雙眼睛猶如惡鬼一般讓他置身冰窖，這不是一個混混有的氣勢，那是一種死亡的氣息。李傑覺得他更像一個殺手，只有無數次從死亡中掙脫出來的人才有這樣的眼神，這樣的氣勢。

李傑覺得心臟跳動得越來越快，甚至雙腿都在發抖，強哥一步步逼近，他雖然害怕，但依然毫不猶豫，挺起胸膛與對方對視著。

「強哥，他……」小飛也看出來情形不對，可是話說到一半就咽了下去，強哥只回頭看了他一眼，他就感覺到了一股殺氣。

「你們不能趁人之危！小飛還不過是個孩子，他不會跟你們走的！」

強哥沒有回答，走到李傑跟前，一把拍在他的肩膀上。

李傑只覺得那手如千斤重一般，一直覺得自己身體不錯，但對方僅僅用一隻手，自己就堅持不住，雙腿無法抗拒強大的壓力，一屁股坐到椅子上。

強哥按著試圖掙脫的李傑，緩緩說道：「小子，你要明白，我們大哥不是那種乘人之危的傢伙！小飛不會有事！還有，你小子別擺出一副救世主的嘴臉！你要知道要救世也要有實力！你不行！」

強哥放開李傑，帶著眾人離開了。這麼一鬧，整個酒棚子就剩下瑟瑟發抖的老闆和發呆的李傑了。

「小子，你運氣不錯啊！你知道剛才那個傢伙是誰麼？」酒店老闆等所有人都走光了以後，才戰戰兢兢地走了出來。

李傑聽到老闆的話才驚醒過來，反問道：「不認識，不過他似乎挺厲害的，看來三五個人打不過他！」

「挺厲害？你知道嗎？他可是自衛反擊戰死人堆裏爬出來的！人們都叫他惡鬼強，聽說他殺人無數，整個京城少有不怕他的！」

「惡鬼強？挺有意思，看來他是個人物！」李傑笑道，能駕馭這麼厲害的人肯定很有意思。

「你以爲他跟大飛一樣是個混混啊！他們那是真正的黑社會，殺人不眨眼！不怕死你就去，唉！今天我也倒楣，怎麼碰到這麼個煞星，看來以後應該多燒燒紙錢……」老闆一邊收拾殘局，一邊說道。

李傑覺得強哥雖然霸道冷酷，但他並不害怕，甚至感覺很刺激，難道是因爲生活太平靜了？

李傑覺得小飛說到底還是一個混社會的孩子，惡鬼強要比他高了不止一個層次，這樣的人沒有必要拉小飛去做什麼，黑道上的人物看重名聲與承諾。但現在人已經被帶走了，李傑也沒有辦法，不知道怎麼對小飛的母親交代，在大街上晃蕩了一陣以後，他決定回醫院再說。

老人已經安詳地睡了，李傑輕輕才關上病房的門，靜靜離開。

李傑在離開了以後，又去看了小飛母親的病例，腎臟移植，一個說難不難，說簡單又不簡單的手術。他雖然對小飛說過總會有辦法救他母親，但目前沒有什麼好辦法。救世也要有實力！李傑又想起了那句話，財力也算實力的一部分吧！

無論在什麼時候都不能放棄希望！李傑心中暗想，他打開病例開始研究，救治小飛母親的希望或許就在這裏。

第二天，陸浩昌召集了實驗室所有的人來討論藥物的問題，首先是馮有爲的陳述，他將藥物中遇到的問題以及產生的原因述說了一遍，與李傑所預料的一模一樣。馮有爲已經掌握了解決的辦法，他在訴說完臨床所遇到的問題以後，又直接彙報了自己的解決方法。

他的這個做法幾乎引來所有人的不滿，就連脾氣很好的石清都覺得馮有爲的確過分。既然已經有了解決的方法，爲什麼還要將所有的人召集討論？還裝模作樣說是這幾天連續努力的結果，假惺惺地道歉，難道爲了表現自己？

陸浩昌臉上沒有任何的表情，冷眼看著眼前的一切，他看到了馮有爲的得意，也看到其他人的憤怒，還有李傑那一絲不易察覺的微笑。是的，是微笑！李傑爲什麼會笑呢？

當大家帶著不同的心情離去的時候，李傑又轉了回來，陸浩昌似乎知道李傑要來一般，靜靜地等待著。

「李傑，你有什麼事情直接說吧！」陸浩昌淡淡地說道。

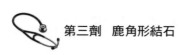

「是關於藥物方面的問題，藥物的特異性病人，我所在的實習醫院就有一個，我想我們可以應用在她的身上！」

原來李傑昨天看小飛母親病例的時候，幾乎將其中的內容都記住了。當今天馮有爲在述說與藥物發生反應的特殊體質時，李傑突然想起來，小飛的母親不就是一個特殊體質麼？

此刻，李傑露出了笑容，所謂山重水複疑無路，柳暗花明又一村。所需要的就在眼前，竟然一直都沒有想到。陸浩昌教授研究的藥物有一個規定，在實驗階段，如果藥物對使用者會造成一定的風險，可以補償給患者一部分金錢。如果把小飛母親列爲新藥試驗患者，最貴的免疫抑制藥物的費用就可以減免很多。他母親如果作爲特殊體徵的第一個使用者，應該可以免去一部分的手術費用，整體費用將下降很多，減免以後的治療費用，小飛還是可以負擔得起吧？

李傑把小飛母親的狀況說明，又說起了病情。

「不行！」陸浩昌的回答簡單明瞭，在李傑聽來卻如晴天霹靂。

「爲什麼？」李傑近乎瘋狂地問道。他本來以爲事情就這麼成了，沒有想到竟然被拒絕！

「按照你的說法，她的身體太虛弱了，做移植手術的風險太大了，我們沒有必要去尋找這麼一個病人。雖然特異性體徵的人很少，但是全國那麼多病人，還是可以找到的！而且我相信，病人也會樂於配合我們！」陸浩昌自信地說。

的確，陸浩昌說的是實情，腎移植的患者面臨的經濟壓力很大，有句話是那麼說的，窮人跟富人的差距就在一場手術，這場手術就是腎移植！

「陸教授，請你相信我，我絕對可以保證手術成功！」李傑幾近哀求。

「李傑啊，你要知道，做醫生不能感情用事，如果醫生都像你這樣，醫院豈不是亂了套！」

「我明白，可是陸教授，病患就在眼前，何必捨近求遠呢？」

「我需要百分之百的臨床成功率！不能因爲手術的失敗而否定我的藥物，你要明白這一點！」

「這次的腎源是她兒子的，已經做過了配型，完全符合移植標準，只要我們手術技術沒有問題，病人是不會出現差錯的！」

陸浩昌平靜地看著有些激動的李傑，緩緩說道：「我們可以供應給患者一段時間的藥物，前提是手術成功，其他的補償金只有手術成功才能付給，並且需要簽訂書面協定！」

「謝謝您！陸教授，我替病人及其家屬感謝您！」李傑鞠躬道。

「你什麼都好，就是這點不好，這次你救了這個病人，那麼下一次呢？你能保證每個貧窮的腎移植患者都能挽救麼？」

「盡力吧……」

「小飛，你看看這個，這是一份醫療協議，如果可以的話，你就簽字吧！」李傑把一份合約遞給了小飛。

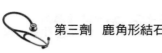

這正是從陸浩昌那裏爭取來的協議。小飛拿到手裏後，仔細地看了一遍，說道：「謝謝你，小李醫生，藥物會不會有什麼問題？」

「你放心，藥物絕對不會有問題的，如果沒有藥物，你母親的身體會對移植腎產生強烈的排斥反應！你要知道，這是最新研究的效果最好的藥物！」

李傑說得沒有錯，如果陸浩昌不提供免費藥物，他也會建議小飛使用。他參加過研究的藥物，有什麼樣的療效他最清楚不過了。

「我明白了，既然你都說可以，那我就簽了！」小飛說著，在上面簽下自己的名字。

「小飛，我能做的就這麼多了，你還需要籌集手術費用，還有上次的事情……」

「小李醫生，上次的事我要跟你道歉，讓您費心了，強哥答應幫助我了！」

李傑聽到手術費解決了，很高興，但又一想，天上掉餡餅的事情怎麼會那麼容易發生，於是又問道：「條件是什麼？」

「你放心好了，不是讓我去偷去搶！你就不要問了！」

李傑聽到這話，沒有繼續問下去，猜測他們之間的交易涉及黑道的利益紛爭，想到此，不免感到擔心。

「小李醫生，我媽的手術什麼時候做？」小飛問道。

「這要看醫院的安排！」

「那是你主刀麼？」

「我現在可沒有這個資格，醫院裏會安排最好的醫生來給你母親做手術！」

小飛聽後，有些失望。

院方安排給小飛母親做手術的主刀醫生是一位姓張的教授，他在器官移植領域很有研究，李傑曾經看過他發表過的一些論文，對他的技術很敬佩。不過，李傑和他不是很熟，因爲張教授這段時間很少在醫院值班。

「張主任，您好，這是這次手術所用免疫藥的資料，請您過目！」李傑將藥品的資料送了上去。

「陸浩昌的藥吧！我是知道的，這個傢伙終於成功了！我還聽說他得了你這麼一個好學生！所謂千金易得，一將難求！他這次可是雙贏啊！不僅研究上出了成果，還招攬到了一個好學生！」張教授笑道。

「您過獎了！」

「這個病人的狀況不是很好，需要調理一下，但手術也要儘快進行，另外，我覺得你來找我，應該有別的事情吧！直接說出來吧，我跟陸浩昌教授也是老交情了！」

「嗯，那我就直說了，我想參加您的手術！」

「你是想作爲我的助手來參加這次手術？」張教授驚奇道。

「是的，我想作爲助手！」

「小子，我說你什麼好呢？可能你覺得對這個手術已經掌握了，但是你要知道，上手術台和平時訓練差得太多了！」

李傑當然明白，手術這東西，只有真正體驗過的人才能明白，看過的人或許覺得手術就是那麼回事，這就是爲什麼一些小醫院的醫生有時候敢做一些超出能力範圍的手術。

很多人形容精準，都會說如外科醫生的手術刀一般精準，可見手術對技術的要求是很高的，作爲李文育時，他雖然是一個心胸科醫生，但他從來沒有主刀做過移植手術，這次卻想嘗試一下，甚至想主刀完成這次手術。不過他也知道，學校和醫院是不會准許他這麼做的，自己只不過是一個提前畢業、正在參加實習的學生罷了，真正上手術台還早得很！

「李傑，這樣吧，你先在其他手術上累積一下經驗吧！我聽說你給王永做過助手，但不同的手術，手法也是不一樣的！」

「謝謝張教授，我會努力的！」

在李傑離開以後，張教授也拿起他放在桌上的資料，認真地看了起來，他知道對於這個手術，儘管自己有很大的信心，但是絕對不能掉以輕心。他也聽說陸浩昌的藥物對於手術的病人是第一次使用，雖然他反對，但是病人家屬已經同意了，他也沒有辦法，他能做的就是儘量準備這台手術，保證手術的成功。

李傑在回去以後，著實準備了一陣，他抓緊任何可以利用的時間，調閱了大量的資料，特別是對張教授以前的手術做了重點分析，還跑到學校實驗室的屍體練習了一番，如果夜裏你看到一個人在解剖室裏忙活，不要害怕，他不是鬼。

那是李傑，如果你注意看會發現，他正在模擬手術的動作，仔細看他的動作並不是一個助手，而是主刀醫生。

第二天，石清找到正在忙忙碌碌的李傑，不知道如何把這個不太好的消息告訴他。原來石清聽到消息，似乎李傑做助手有點問題。

「說吧，有什麼事？」李傑忙完了手裏的活，語氣簡潔地問道。

「李傑……」石清似乎有點爲難，把他拉出了操作間，在走廊上把聽來的消息告訴了他。

「那也難怪。」李傑覺得學院對他還是存在著很大的擔心和疑慮。

石清看著李傑一副意料之內的表情，懸著的心也放下了不少。

雖然手術人員一般都是由主刀的醫生來定，但是李傑從實習生到第一助手這個飛躍有點太大了，張教授即使想幫他也是有心無力，醫院的領導肯定會考慮一下。

其實李傑雖然作爲實習生，畢竟跟著王永做過一些手術，雖然兩者科室不同，但就這麼全盤否定了他也有點過分。

李傑不知道這個換腎的手術被醫院稍微利用了一下，因爲陸浩昌在醫療系統有著不同尋常的影響力，他想將此作爲新藥的宣傳，讓整個醫療系統甚至民眾知道他免費提供藥給患者的事，讓醫院、陸浩昌和他的新藥在民眾心中的地位得到提升。

陸浩昌雖然不反對李傑做手術，但是醫院的大部分醫生認爲手術應該穩妥爲主，陸浩昌考慮了一下，也同意了醫院的意見。

在一些人眼裏，利益永遠是第一位！

也許只有王永等少數人同意李傑擔當這次手術的助手，可惜他們說服不了大眾，他們認爲一個沒有絲毫主刀經驗的臨床實習生，是無法擔當和勝任這次手術的。

李傑聽到消息後有點兒鬱悶，都練習這麼多天了，說不讓就不讓啊！他每天晚上去解剖室裏與屍體做伴，豈不是白去了？

想起那些冰冷的屍體，李傑還有點害怕。爲了這個手術，他可是硬著頭皮半夜去解剖室，雖然總是面對屍體，他還是有點怕鬼的。

醫生在別人眼裏，就是一個跟死亡打交道的職業，他們冷漠，他們無情。但如果深入瞭解，你會發現其實他們都是有血有肉的普通人。李傑最害怕的就是進解剖室的時候，漆黑的一片，那種停屍房才有的刺骨冰冷，那種福馬林的味道，讓他內心充滿了恐懼。在進入狀態學習的時候他會忘記一切，所以恐懼不能影響他的學習。

李傑覺得，他應該耍點小手段，雖然他不喜歡做這類事情，但是這次也沒有辦法了，手術對於他來說，就像毒品對癮君子的誘惑。

不知道爲什麼，李傑就是想上這個手術台，想做助手。

石清看到李傑變得有些低沉，便安慰道：「別不高興了，你能上王永的手術台做助手，已經很不錯了，這可是多少人都爭取不到的啊！」

「是啊！是啊！我多幸福啊！事業有成，如果還有美女相伴就更好了！不知道小青石是否介意彌補我的遺憾呢？」李傑笑道。

「每次都這樣，這叫什麼來著？對了，叫給你點陽光你就燦爛，就不應該理你！」

「那你要不要接受我的邀請呢？我們去喝杯茶怎麼樣？」

「我覺得還是去喝咖啡比較好，聽說你現在發達了，我要去星巴克！」

「沒問題，小青石姐姐說去哪裏就去哪裏！」

李傑一直在尋找機會拉近與石清的距離，可惜總是不能如願，每次都是半路殺出一個人來，弄得他鬱悶無比。

其實兩個人之間就是一層薄薄的紙，但是誰都不願意捅破它。

醫院會議室。

沉默的會議讓一片醫生都在打瞌睡。這次院長召集了幾乎所有與李傑有過接觸的醫生，來討論關於李傑的助手資格問題。

「院長，我覺得他擔當這次手術的助手有點冒險。」一個曾經帶過李傑的醫生在會議上提出了自己的看法。

「什麼叫做有點冒險，這簡直就是在開玩笑，一個正在實習的學生，怎麼可能擔當這麼大的手術的助手？」醫院裏一位年長的主任站起來激烈地反對，他就是被李傑指出錯的醫生。

「真是沒有品味，這麼大年紀了還跟小孩子記仇！」王永心中暗自鄙夷。

「李傑這個孩子手術實力很強，但他從沒有做過這麼大的手術，恐怕即使他再成熟也很困難！即使他只是個第二助手！」另一位醫生說道。

「可是，怎麼說他也是個學生，如果病人或者病人家屬知道了，醫生是一個連執業醫師資格都沒有的實習學生，對於醫院來說，將是一個非常不利的消息。」

爭論持續，有支持的，也有反對的，但以反對爲多數。院長對於這樣的討論沒有制止，這是他主持會議的風格，各自隨便發表看法，他在一邊聽著，或者說是偷懶，最後來總結。

會議爭論了許久，院長已經瞭解了大致的情況，於是揮手示意停止，待大家安靜下來以後說道：「好了，大家的意思我明白了，李傑的技術應該不錯，但是做這個手術還有難度，可病人家屬強烈要求李傑來做這個手術，甚至讓他主刀，你們說怎麼辦？」

一直沒有發言的王永一聽就樂了，他一下就明白了，肯定是李傑在搗鬼，不過也過分了，竟然要求主刀。

其實王永猜測得不對，李傑不過是對小飛說，要求他來做助手，主刀是小飛自己加進去的。他並不明白主刀與助手之間的區別，也不明白心臟手術與腎移植手術的巨大差別，他只是信任李傑，這種信任從第一次李傑給他看病的時候就開始了。他知道如果換作其他的醫生，看到因爲打架而渾身流血的流氓，都是能跑多遠就跑多遠，是李傑幫他看好了病，又是李傑幫他解決了母親的一部分醫療費，就憑著這份情誼，小飛怎麼能不感激？

醫生們顯然沒有想到病人的家屬竟然有如此的要求，一時間沒有了主意，紛紛交頭接耳。

院長覺得這樣也不是辦法，於是對王永說道：「你帶李傑的時間最長，聽說還做過你的助手，你認爲如何？」

「他對手術的理解很強，但是畢竟是心胸科，移植方面就不好說，我覺得不如給他做個考核吧！就由這次主刀醫生張教授來考核他！看看他是不是有能力擔當助手？」

「也好，張教授你覺得怎麼樣？」院長轉頭對張教授說道。

張教授笑著說道：「讓我考核也可以，不過院長你得給我一個尙方寶劍，我想安排他在手術台上鍛煉一下！」

張教授雖然面帶笑容，可是心中卻在罵王永是個混蛋小子，如果李傑在手術中出什麼問題，那可是要他來承擔。爲了不讓自己出現什麼責任，唯一的方法就是讓李傑不要出問題，手術一次完成。

「好吧！腎移植可以拖延幾天，正好再將病人的身體調理一下。李傑可以在手術台上鍛煉一下，但是不能太過分，不能做太大的手術！」院長說道，他已經看出來張教授的想法，讓李傑做手術過於托大，不要還沒做腎移植手術，醫療事故就出現。說完，院長又指示大家在這個問題上服從張教授的安排，然後宣告散會。

張教授在會議結束以後，想了好一陣子，他在爲李傑的實踐計畫發愁。醫院病人雖然多，但是腎臟方面的手術卻比較少，最多應該是腎盂取石術。

張教授經過考慮以後，心中已經有了計畫。

「李傑，你有沒有信心做這個手術啊？」張教授看著這個曾經在各大報紙上曝光無數、有著「天才」光環的學生。

「有，當然有。」李傑自信滿滿回答道。

「有些教授和醫生認爲你的臨床手術經驗不是很足。」張教授看著李傑那有些忠厚的臉。

「我經驗不足？我有的是經驗，就怕那些不知所以的傢伙不敢相信。」李傑在心裏想著，嘴裏卻說：「經驗也不是每個人生下來就有的。」

「說得好，經驗麼，就是從實踐中得到的，沒有實踐哪有經驗。」

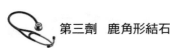

李傑聽到張教授的這句話，覺得自己擔當手術助手的希望還是比較大的。他知道這次張教授來找他，就是爲了小飛母親手術的事，他的小把戲肯定生效了。

「李傑，你來這麼久了，做過幾次助手了，但是卻沒有當過主刀醫生吧？」張教授問道。

他的問題讓李傑不知所措，是什麼意思？難道讓自己擔當這次手術的主刀？李傑雖然大膽，但是主刀腎移植，他也沒有大的把握，無論如何，他應該推辭，對自己負責也是對病人負責。

「這個，我當主刀肯定不行……」

「怎麼，又害怕了？不要擔心，我會幫助你的，醫院現在有一個腎盂結石的病人，經過多方面治療無效，需要開刀，你瞭解一下情況，明天跟我當助手，先做一遍，你先熟悉一下，然後會儘快安排你做一次主刀！」

李傑一聽才明白，原來讓自己做取石手術啊！這個手術對他來說並不是很難，但是爲什麼讓他做這樣的手術？

張教授也看出了李傑的疑惑，便將那天會議的事情說了出來，並且表示，李傑畢竟是一個實習生，需要提升醫術，這是對病人的負責。

何而來。

在醫院裏，信任李傑技術的人不多，張教授就算其中的一個，李傑也不明白他的信任從

取石手術其實隨時都可以做，張教授爲了照顧李傑，又拖延了一天，等他準備好了才開始。

取石手術就是將腎臟暴露出來，在腎盂切口用鑷子將結石取出來，這是相對於結石較小者。對於石頭較大者或者形狀不規則者，需要切開腎臟取石。

濃烈的消毒水味道充斥鼻腔，李傑覺得自己無論待多少年，也不可能習慣這裏的味道。戴上帽子和口罩，穿上手術衣，李傑再次站在無影燈下。

張教授的手法很熟練，腎臟手術對於他實在容易，他的動作簡練高效。

李傑突然覺得有些氣悶，他很想摘下口罩透透氣。張教授的技術實在太高了，他在腎臟這方面技術要比李傑強太多了。

皮膚與肌肉在手術刀下一層層剖開，患者的腎臟已經可以看見。其取石部位腎盂已經顯露，此次是由背側顯露腎盂，這是由於腎盂的前上方有腎血管橫過，爲了避免將其損傷，所以選擇背側，對手術沒有什麼影響。

接下來，張教授輕輕地將腎盂與輸尿管連接處做了分離，然後用一條紗布條繞過將其提起，目的是防止小的結石擠入輸尿管。

李傑看著張教授的動作有點癡了，那種在心胸外科做助手，卻可以掌握整個手術過程的感覺此刻已經蕩然無存。

作爲助手，李傑知道應該繼續做什麼，他在腎盂選擇了兩個適當的部位縫上兩牽引線，目的就是將切口拉開後，用紗布保護周圍以減少損傷。張教授則接著沿腎盂走行方向縱行切開腎盂。不用他說，李傑接過護士遞來的鈍圓小拉鉤，將腎竇部的後緣拉開。

一條完美的切口在張教授的手術刀下完成。

當然完美是相對而言，這個世界上沒有完美的東西。這個切口對張教授而言是完美的，是最方便探查結石的位置，同時對取石最方便。

手術進行得很順利，張教授始終是輕鬆的表情，他切開腎盂後對李傑說道：「李傑，你來探查一下結石的位置！」

之所以讓李傑探查，是一個老師給學生的鍛煉機會。這是一個難得的機會，在醫療體系裏，除非與自己十分要好，或主刀醫生真的有意培養，要不然是不會有這種機會的。

李傑來不及感謝，眼前的手術要要緊。他用小指伸入盂內，探查結石位置。雖然用X光已經知道結石的大體位置，但是取石必須還要探查。通過X光只能找到個大概位置，畢竟X光是平面圖，成像是根據組織密度，而人的腎是立體的，很多東西是X光看不到的。

李傑的小指很快找到了目標，但是當他觸及的時候，突然發現有些不對頭！

張教授注意到了李傑異常的反應，他立刻猜測到了應該是結石出了問題，但是他以爲是李傑在探查結石方面出了問題，難道他找不到結石？於是也不著急，靜靜地等待李傑慢慢找。他帶過很多學生，所有的人開始都是比較迷茫的，很少有人一次可以直接找到的。

但李傑卻沒繼續探察，他將小指抽了出來，本想說點什麼，但話卡在喉嚨裏說不出來，他覺得有些氣悶，甚至想把口罩摘下扔掉。

李傑並不是找不到結石，他的小指剛剛伸進去就已經發現了結石，而且不止一個。李傑沒有待過泌尿外科，所以他沒有那種傳說中僅僅用手觸就可以摸清結石的大小、數量甚至形狀的變態能力。

但是，這次探察，李傑摸到了取石手術中最不願見到的鹿角形結石，這種結石無法在通過腎盂的切口取出。也就是說，手術以這種方法來取石是錯誤的。

鹿角形結石因爲形狀大小等原因，不能用這個方法取，它必須切口腎臟來取，即將腎臟的表面切開來取結石，否則會損害腎臟，造成出血。

張教授開始對李傑這種畏縮的表現不是很滿意，但是當他手指觸及到結石的時候，他就明白李傑的異常表現了。是有些疏忽了，同時也是技術設備的條件所限，更是這個鹿角形結石比較怪異所造成的。它是由很多個結石組合而成，中間僅僅有細小的連接，但卻堅固不破裂。從X光片上看，只會看到一些小結石，而看不到兩塊結石之間的結合部分，讓人覺得這不過是普通的結石而已。

「準備腎切開取石術！」張教授毫不猶豫地下達了命令。手術台上要有正確果敢的判斷能力，不能因爲一點小偏差而影響整個手術。

「立刻準備血六百毫升！」李傑命令巡迴護士。

這種普通的結石手術，並不需要備用那麼多血液，只需要二百毫升以防止出血就可以了，但是切開腎臟卻不一樣。

「不用了，現有血液足夠，只要我們不出血！」張教授說道。

「可是……」李傑覺得張教授有點托大，雖然他也信任對方的技術，但是畢竟涉及患者的安全，必須謹慎對待。

「不用可是了，開始手術！」張教授緩緩說道。

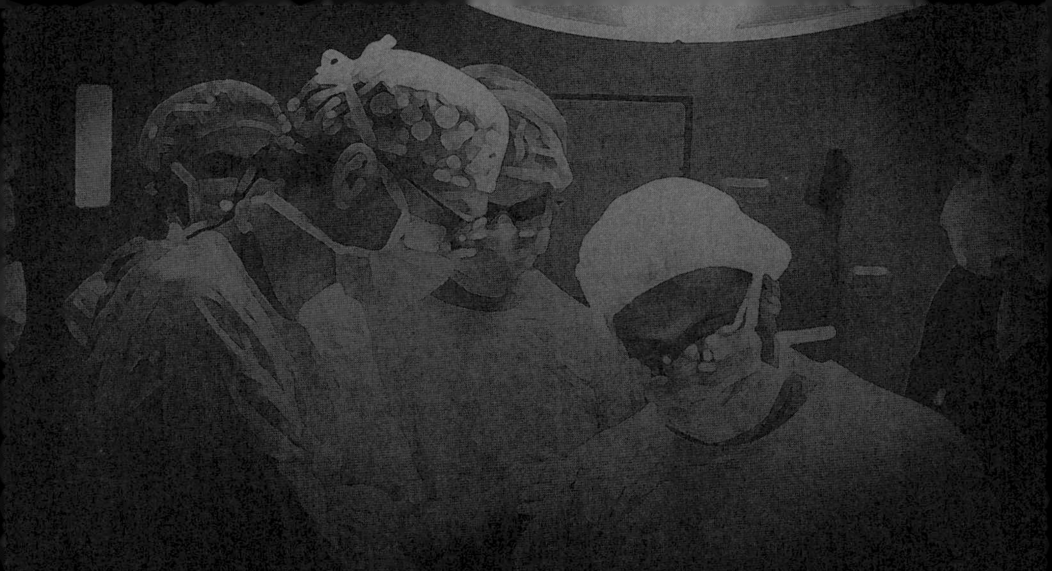

第四劑

# 暗戀綜合症

「李傑，我覺得你應該去看看病了！」
李傑從思緒中跳出來：「有病我自己會看，師兄不用操心了！」
「你應該掛號愛情科，不過有我在，你不用擔心，走，師兄請你吃宵夜！」
兩個人隨便點了一些吃的，又要了幾瓶啤酒，扯開話題。
「剛剛說你的愛情病，師兄我是過來人，覺得你應該是暗戀綜合症！」
李傑看著這個過來人，感到有些好笑，
自己作為李文育的時候，睡過的女人比師兄認識的還多。

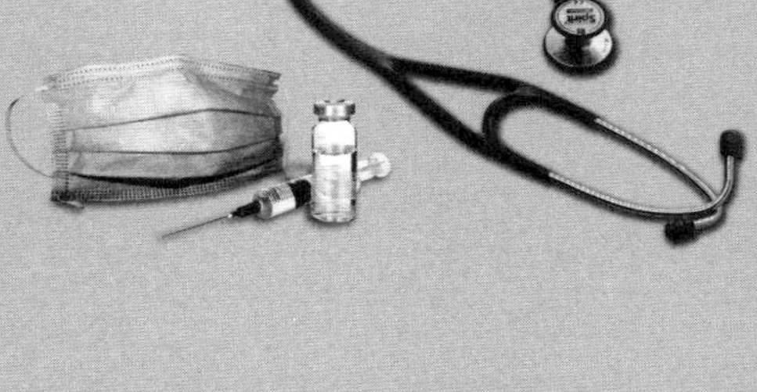

張教授是藝高人膽大，堅決認爲自己不會造成出血，李傑也不堅持，當然這個手術如果出血，立刻調血也是來得及的。

「針刺！」張教授命令道。他選擇切開腎臟取石後，似乎變了一個人，李傑這才發覺他剛剛所做的手術完全是在照顧自己，怕他看不清楚才放緩動作，有的時候還會作說明。此刻他在真正發揮出百分百的實力，病人需要時間，手術需要阻斷腎臟的血液運輸，同時降低腎臟的溫度，不可能因爲照顧李傑而讓病人身體受損傷。張教授神乎其技的手法讓李傑驚呆，他覺得這個泌尿外科的教授對於腎臟手術的技術已經練就到頂峰。

此刻，李傑對他有崇拜的感覺，但絕對不是盲目地崇拜，這種崇拜就像以前對於老師的那種崇拜，對於其技術的崇拜，然後模仿學習，最後完成超越。

李傑用針小心地刺入腎臟，一直觸及到腎臟內的結石，針的作用就是確定手術刀的切開區域。當探到結石以後，只需要保留針頭，然後沿著針頭切開腎實質。

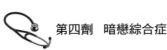

手術刀在張教授手中似乎有了靈魂一般，每一刀都是那麼完美，這次切口如果在別人看來，肯定不會認爲它是完美的，甚至會批判張教授的錯誤，因爲切口太小了。

但李傑卻知道，這才是真正完美的切口。腎皮質切口太小，如果勉強將大塊的結石取出，容易造成腎組織撕裂出血，而且切口小，視野也小，結石不容易取出來。張教授這麼做自然有他的道理，他再次將手指伸到第一切口的腎盂，這次不是探查結石，而是另有所為。

跟李傑所想像的一樣，他是再次確定結石的位置，然後伸入兩個手指來粉碎，因為這個結石是由很多小塊石頭連接在一起形成的，並不牢固，手指擠壓就很容易破碎，體積變小了，就可以輕易地取出。

當然，粉碎後不能按照第一種方法，將腎盂切開取石術來取石，因為這是無法將碎的石頭取乾淨的，如果殘餘一小塊，那麼手術就失敗了。只有切開腎實質，才能將所有的結石清除，只有一個不剩地將所有的石頭清除，手術才算成功。

結石的數量在手術前就已經用影像學方法確認了，手術結束的時候必須清點數量來確認，但是石頭已經弄碎了，數量也就無從確認。接下來張教授沒有立刻將手指抽出來，他又經腎盂切口將結石經腎實質向外輕緩推出，推到腎表面切口可以明確觀察到的位置，然後的工作就是取石，一手持取石鉗，在腎盂內手指協同操作下，夾住結石後，輕輕向適當方向轉動並拉出。他的動作輕柔而優雅，彷彿是在製作一個藝術品，而不是進行一個手術。

在取完所有的可見結石以後，再次用生理鹽水將所有碎石沖出，第二種方法只有在切開腎實質的時候才可以用，這也是為什麼可以將連接在一起的結石粉碎的原因。

如果有人看到張教授的這個手術，肯定會讚美這是一個完美的手術，其對手術的解讀能力、對發生意外的判斷解決能力都是無可挑剔。最重要的是時刻想著保護病人，特別最後的一個小切口，當然，對於鹿角形結石選擇大切口是第一選擇，但是這次手術結石比較特殊，是由眾多小結石組成的，可以將其粉碎。

大切口對於病人損傷比較大，而且術後癒合也困難。醫生的目的就是治癒病人，手術中盡可能地保護病人是評判醫生技術的一大指標。

李傑對於張教授當然也是佩服無比，在接下來的縫合等過程中，他充分展示了自己扎實的基本功，處理得也很到位。

手術接下來的過程很順利，沒有造成出血，張教授果然有自信的本錢。

李傑對於張教授佩服到了極點，而張教授對於李傑也有了認識，基本功很扎實，對手術的理解也很到位，做一個助手似乎沒有什麼問題了。但是，他還是決定安排李傑做兩個手術，李傑有些不自信，必須讓他獨立做兩個手術。

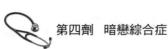

在手術台上，當一個主刀醫生與當一個助手的差距是很大的。這就好似下棋，助手就是觀棋的或者評棋的，而主刀醫生就是棋手。助手可以隨便說，貌似比主刀高明，但是換個位置，就會原形畢露，高下立分。

助手也是如此，他只是副手，做手術只需要順著主刀醫生的思路走了，出現什麼意外都有主刀醫生頂著。

李傑推開手術室的大門，摘下口罩，有種窒息的感覺，上次作爲第二助手完成了一次腎臟的取石手術以後，醫院安排他作爲主刀來做這次腎取結。

病人的家屬看到手術結束，紛紛圍了上來詢問病人的情況。如果不知道的人會以爲病人是做了什麼大手術，其實不過一個小小的手術。

手術時間不過一個多小時，李傑對這個時間並不滿意，上次他作爲助手，中途又切開腎實質，才用了四十分鐘而已。眾所周知，手術時間越短對病人越有好處，這很容易理解。本來不應該暴露的內臟暴露在空氣中，手術中需要結紮大量的血管，部分組織缺血，都是手術時間不能太長的原因。

手術中最大的差距就是時間和技術上，當然，個別手術不能用時間來衡量。

家屬在得到明確的肯定後終於放了李傑。走出人群，李傑終於可以鬆一口氣了，這是他作爲李傑第一次主刀手術。拿著手術刀的時候，他甚至緊張得發抖，做了幾次深呼吸後才讓自己平靜下來。現在他感覺自己又回來了，再次回到主刀醫生的位置上。

「實習醫生真命苦！」李傑在心裏抱怨著，他剛剛做完手術就被派來值班。夜已深，醫院裏空蕩蕩的，偶爾能聽到一些病人痛苦的呻吟聲，李傑打著瞌睡，最後睏得不行，趴在桌子上睡著了。

李傑正在夢中意淫時，一陣急促的敲門聲把他吵醒了。被人吵醒是一件很痛苦的事情，但做爲醫生必須承受。

這是一個四十多歲的患者，一身誇張的暴發戶打扮，腦袋大脖子粗，脖子上還帶著手指粗的項鏈。當然不是李傑鄙視他，這個傢伙實在煩人，李傑被打擾了好夢，心情不好。

「醫生?就你一個人麼？」粗脖子問道。很明顯，他對年輕的李傑不是很信任。

「是啊，就我一個人！」

粗脖子還伸頭望了望，害怕李傑騙他，沒有發現李傑在暗地裏罵他。

「我被魚刺卡住了!你能給我弄出來不？」

「幾點卡住的？」李傑問道。

「才卡住的，我跟幾個哥們兒在家喝酒唱歌，結果我就卡住了，快幫我弄出來。」

李傑看了一下時間，都深夜兩點了，這傢伙竟然還喝酒唱歌吃魚?估計他家鄰居都要瘋了。雖然鄙視這個傢伙，但是醫生要對患者一視同仁，李傑開始給他做檢查，病人右側扁桃體上有一根魚刺。李傑拿出收費單準備填寫，卻被粗脖子阻止了。

「小兄弟，收費單就免了吧！錢直接給你吧！」粗脖子笑瞇瞇地說著，拿出錢就要塞給李傑。

錢如果收了就進了自己的腰包，李傑看了他一眼，心中不免又增加了幾分鄙視，說道：「我不能收，如果你不去繳費，我沒有辦法給你治！」

李傑不是聖人，對於錢不能說不喜歡，他也爲錢著急，否則也不會去賣電腦。但做人應該有原則，這種損公肥私的錢他根本不屑於拿。

粗脖子顯然沒有明白李傑的意思，以爲李傑嫌錢少，於是又加了一點，但又被李傑拒絕了。

沒有辦法，他只能去繳費，看著他氣急敗壞的樣子，李傑突然有種快感，這種人估計是損公肥私的高手，看樣子很有錢，估計錢都是這麼弄來的。

交過錢，這個傢伙又回來了，一臉的怒火。

李傑可不管他，一手拿著壓舌板，一手用鉗子拔魚刺。他做得很規範，不會因爲鄙視這個病人而故意爲難。

粗脖子病人卻不這麼想，魚刺拔出來以後，他便氣呼呼地走了，李傑也懶得理他，關門繼續趴在桌子上睡覺。

可是事情卻沒有結束，沒過兩天，李傑就被院長叫去了。他雖然不知道有什麼事情，但心中無鬼。

李傑還是第一次來院長辦公室，這個時代的領導還不流行奢華的作風，辦公室都是簡單裝修，室內就是書架和寫字台，是用一輩子也不會換的東西，座椅也是那種簡單的木椅。簡單明朗的辦公室，點綴幾盆綠色植物，這就是一個院長的辦公室。

「李傑啊，最近怎麼樣啊？聽說明天你還有個手術？」院長和藹地問道。

「是啊，我都已經準備好了！」

「明天的手術是腎膿腫切開引流術吧！你要用心！」

「我會的，謝謝院長關心！」李傑鞠躬感謝道。

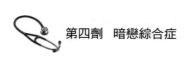

李傑很幸運，可以在實習的時候就有這麼多機會，絕大多數沒有關係沒有錢的醫生，即使有技術也很難有這麼多機會，他們可能要在臨床上混三年左右才可以上手術台，至於實習，也許只能作為助手做個闌尾炎手術吧！

「另外還有一件事情，我們接到了一個關於你的投訴，這是投訴信。」院長說著，將信件扔到桌子上。

李傑打開信件差點氣瘋，投訴的傢伙竟然是上次被魚刺卡喉嚨的傢伙。他在信中說，李傑值班睡覺，因爲他打擾了，於是很不情願給他看病，在信中說李傑道德敗壞，醫德低下，向他收取醫療費用，被他嚴詞拒絕，接著李傑故意刁難他，不給他好好拔魚刺。

李傑有點鬱悶，這樣的話對方也能說得出來，可真是浪費了口才，去做律師一定是高手。

「李傑啊！事情就這麼過去了，你回去準備手術吧！」說完，院長就閉目養神了。李傑也沒有解釋，他知道解釋也沒有用。作爲院長，應該知道事情到底是怎麼樣的，他要是相信李傑，不用解釋也可以，要是不相信，解釋只會成爲掩飾，越描越黑。

這個世界真是不好混，雖然心裏鬱悶，但總不能去揍那個粗脖子一頓吧！李傑回到自己屋裏，拿出腎膿腫切開引流術的資料，明天就是手術了，這個手術他已經完全掌握了，再看一遍其實根本沒有用，但是不看，卻總是感覺少了點什麼。

畢竟是很熟悉的東西，再多看一遍是需要很大耐性的，李傑越看越煩躁，正準備將資料扔到一邊的時候，石清的甜美聲音卻傳了過來。

「李傑，別看了，走了！」

李傑突然想起，今天是跟石清約好了去看電影的，竟然忘記了，不禁暗罵自己的臭記性，還讓人家女孩主動來找自己，太差勁了。

「小青石，我來了！」李傑立刻從凳子上彈起來，衝了出去。

看電影是李傑以前最喜歡的休閒活動之一，但這時的電影他卻不敢恭維，畢竟這個時代的技術跟那個時代差距太大了，而且對李傑來說是一些極其無聊的片子，貌似講述經典愛情，演員的化妝、道具差得要命，實在沒有什麼興趣再看下去。

電影院裏稀稀落落地坐著一些人，多爲情侶，李傑看了一眼身邊的石清，她正在專心致志地看電影，並且被生離死別的愛情故事感動得唏哩嘩啦掉眼淚。

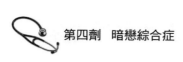

昏暗的燈光掩飾不了石清的絕美面容，今天她很明顯是打扮過的，平時她總是眼鏡和工作服，日常生活中也沒有什麼特別的打扮。不知道哪天開始，李傑發現石清戴眼鏡的時候少了，特別是跟他在一起的時候幾乎不戴。今天石清一身全新的打扮，青色上衣，花格裙子，更加清麗脫俗。一頭飄飄的長髮自然地垂落在肩膀上，那淡淡的紅妝，那迷人的笑容，無一不讓李傑心動。

這個曾經的老師，接著變成了一個實驗室的同事，現在呢？李傑覺得應該把她變成女朋友比較好。

李傑不是一個無情的人，在做爲李文育的時候，流連於酒吧、夜總會等場所，那裏有萬花叢，有的妖豔嫵媚、有的熱情如火……可惜在那個時代，美好純真的愛情似乎已經遠去！

此刻，美好純真的愛情又已經到來！

石清被這部愛情劇《愛情還會來》折騰得淚水奔湧，片中主角的愛情經歷深深地打動了她。那美麗柔弱的女孩，英俊帥氣的男子，還有那淒美的愛情故事，那是一種無法把握的感覺，也是一種不敢面對的感覺，那種感覺叫做愛情。

電影散場後，沒有洶湧的人群，石清卻依然如小兔子一般緊緊跟在李傑的後面。

不知道是哪裏來的勇氣，李傑的手在反反覆覆猶豫了幾次以後，魔爪終於伸了出去。

石清的手柔弱無骨，嫩滑如嬰兒一般。被李傑抓住的時候，她想將手抽出來，但又沒有力氣，想惱怒，卻怒不起來。她覺得自己臉在發燒，心在狂跳，同時還有一種奇怪的感覺。

李傑不知道石清二十幾年是第一次被男人牽著手，就這樣拉著石清走出電影院，作爲曾經的泡妞高手，此刻卻不知道如何是好。

所謂泡妞高手，花叢老手，都是建立在沒有感情基礎上的，真正陷入愛情中的人是沒有智商的。這並不只針對女人，也包括了男人。

大街上人影稀落，路燈下兩個人的影子拉得老長，李傑此刻就像一個純情的小男生，拉著石清的手。

這條街不是很長，但是他們卻走了很久，李傑很想永遠這麼走下去，永遠牽著石清的手。

「李傑！李傑！」就在喊聲剛剛響起的時候，石清一下將手抽了回去，裝作若無其事的樣子。

李傑也將手收了回來，他覺得有點像地下工作者，循著聲音望去，想知道這個破壞地下工作的人是誰。

「張璇？你怎麼會在這裏？」李傑回頭一看，不正是護理系那個可愛的張璇麼？有幾個月沒有見到她了，自從上次去她家裏以後，李傑再也沒有看見過她，此時張璇的身邊還有幾個同學。

「我就不能出來玩麼？」

「哇！這個就是咱們學校的李傑啊？第一次見真人，天才啊！」張璇身邊的一個同學驚歎道。

「那是，李傑可是我好朋友，他還救過我呢！」

張璇說得李傑都有些不好意思了：「張璇，這麼晚還不回去啊！快回家去吧！」

「我們還沒有結束呢！要不你跟我們一起去玩吧！還有這位姐姐！」張璇說道，她是護理系的，並不知道石清曾經做過學校臨床系的實驗老師。

李傑不禁感到納悶，張璇怎麼這麼不懂事，竟然來壞自己的好事，他好不容易下定決心向石清進攻。

「你們去玩吧！我就不去了，等有機會我去找你吧！向你父親問好！」李傑笑道。

「那好，你說會找我的啊！說話算話，別想上次一樣，說來找我，卻拖了那麼久！」張璇說完跟著同學離開了。

張璇這麼一攪和，李傑再也沒有勇氣拉石清的手了，甚至甜言蜜語也不會說了。他就不明白，怎麼以前說這些話和呼吸一般簡單，就好像是生理本能，現在卻說不出來了？

「我是花花公子，我是厚臉皮！」李傑拚命鼓勵自己，卻發現效果不大。一直到送石清回家，他也沒有再做出進一步的進攻，爲此李傑鬱悶了一個晚上，決心明天一定要發動進攻。

今天天氣不錯，風和日麗，可惜下午有手術，的確挺鬱悶！

「麻醉完畢！」

「手術消毒、布巾完畢，可以開始手術！」

「開始！」

在進入手術狀態的時候，心裏是不能有一絲雜念的，就算周圍炮火連連，也要做到充耳不聞，那些感情方面的小事，李傑乾脆忽略了。

李傑接過護士遞來的手術刀，持刀如執筆，手術刀在患者的身體上留下了絢爛的一筆，妖豔的一條血線慢慢呈現出來。

精準的十二肋下緣切口，完美的切口長度，用手指溫柔地分離肌肉與肌纖維，然後再向後拉開，少部分切斷背闊肌，最後切開深層肌肉與筋膜。

這是手術中最關鍵的一刀，如果用力過大，可能會割得太深，破壞下一層腎筋膜，從而使裏面的膿液破流而出，如果太淺，就需要第二刀！

一個成功的醫生不會在同一個地方割第二刀。

李傑的動作如教科書一般標準，這源於他的自信，如果張教授知道李傑這次手術如此完美的話，肯定會感到欣慰，他的苦心培養沒有白費。

李傑在這次手術，也就是第二次作爲主刀時顯現出無比自信。刀鋒劃過，肌肉隨著刀鋒的走過而斷開，腎周圍筋膜顯現出來，病人正是因爲腎周圍發炎而形成了膿腫。筋膜裏膿液充盈，如果心理素質不好，看到這些膿液肯定會噁心得想要吐出來。

醫療工作者對於這些已經習以爲常，比這更可怕的東西還有很多，比如皮膚病，一般人看了輕則吃不下飯，重則性欲減退。

針頭穿入腎周圍筋膜抽出膿液，然後順穿刺針孔切開，以手指插入腎周圍間隙作引導，將周圍筋膜充分剪開並分離膿腫間隔。李傑的手術完成得迅速而且漂亮，這次的助手是張教授派來指導他的一位主治醫師，他被李傑的手術技術驚呆了。

張教授害怕李傑的手術出現什麼問題，還提前告知這位主治醫師要看好他，不要出現什麼意外。這位醫生也聽說過李傑，雖然沒有打過什麼交道，但也知道這是一個很聰明很厲害的年輕人。

突然一個想法從這位主治醫生的腦海中蹦了出來，這個傢伙是不是有什麼強大的後台？他越想感覺越有可能，李傑從來到醫院，就有很多人在照顧他，院長、心胸科的王主任、醫學院的馬院長等，有那麼多人刁難他，卻不能動搖李傑在領導心目中的地位。這次竟然連續兩次主刀，要知道主刀的機會是人人都想要的。

最恐怖的是李傑竟然以一個實習生的身分來做腎移植這樣的大手術的第一助手，就連有資歷的醫生連想都不敢想，沒錢沒勢力，就算有技術也上不去啊！這位主治醫生想到這裏，感覺自己的額頭都是汗水，心中祈禱這次手術不要出現什麼問題才好。如果出現醫療事故，估計都是自己的責任。

李傑在辦公室裏冥思苦想，他此刻正準備向石清發起進攻，應該以哪種方式進攻，他在自己的泡妞一百三十六計中反覆挑選，卻都感覺不太適合，這招似乎欠缺一點，那一招似乎又過分一點，如果石清生氣怎麼辦？正在患得患失中，卻迎來了一個意想不到的客人，這個人竟然是上次投訴他的粗脖子。

「李醫生，對不起，這都是我的錯，你就原諒我吧！」粗脖子告饒。

李傑看著粗脖子，他沒有了那日的囂張，臉是腫的，很像一隻豬頭，根據外傷來判斷，應該是拳頭打的。手臂雖然被衣服蓋著，但在袖口處還能隱約地看到一條條淤痕。

「你這是……」李傑已經被弄蒙了，不知道是怎麼回事。

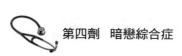

「上次我寫了信投訴您，都是我該死，我亂說話，我一會兒就向院長道歉去！真對不起，那天也是我的錯，我對不起祖國，對不起黨，對不起人民，對不起生我養我的父母！」

「行了，行了，這麼小的事就算了吧！我看你外傷挺嚴重的，去看看吧！爲什麼今天會來這兒？」李傑疑問道。

「我……我良心不安啊！所以就來了！我現在就去看外傷去！」說完粗脖子就跑掉了，李傑想問也問不成了。

李傑想了半天也不明白，這樣囂張的人肯定不會無緣無故地來道歉。再加上那身傷痕，更相信他是無事不登三寶殿。

傷痕！？李傑覺得這一身傷就是線索！他想到了小飛，肯定是小飛幹的事，李傑想到這裏，覺得必須去找小飛問個明白。

小飛這幾天一直都在他母親的病房陪伴，手術馬上就要進行了，他母親通過透析治療和醫院的精心調養，已經比剛進醫院的時候好了很多，各種指標也改善了許多。李傑探望了小飛母親，藉故將小飛叫出來。

「那個粗脖子身上的傷是你打的吧！」李傑問道。

「哪個？我不認識粗脖子！」

「你最近是不是打過一個暴發戶，帶著金鏈子，腦袋大脖子粗的那個傢伙！」

「哦，你說那個傢伙啊！是啊！我幹的，怎麼樣？你不知道他有多可惡！」

「哎，可惡不可惡我不管，我是擔心你受傷！」李傑說的是真話，他的慈善只是對病人，對善良的人和弱者，對於惡人，他的想法就是惡人需要惡人治！

「哈，我還以爲你要來對我說教！我大飛打架什麼時候輸過？不要擔心，這個傢伙知道你要給我母親做手術，竟然跑來說你技術不行，還百般侮辱你，你說，做兄弟的能不揍他麼？」小飛氣憤地說道。

「我還納悶你怎麼能認識他，會幫我報仇！」接著，李傑又將那天晚上的事情說了一遍。

「這個傢伙這麼可惡，早知道多揍他幾拳！」小飛恨恨地道。

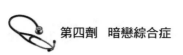

「你可別惹事了，你母親馬上要手術，你要做好準備，你的身體可不是自己一個人的，還有你母親的一部分，明白麼？」

「我知道了，小李醫生！」

李傑雖然問過了小飛，但是還不能理解粗脖子道歉的原因，他猜不到的原因是因爲他不知道，醫院正在飛速流傳著關於他的流言！

上次腎膿腫切開引流手術結束以後，醫院裏便流傳著這樣的一個消息：李傑可能是某位大官員的兒子，這個官員應該是醫療界的，要不然小小年紀的李傑怎麼會有如此出眾的技術，他肯定是從小就開始練習。

當然，這個流言的源頭來自那次手術中一位助手的幻想，在他傳遞給別人的時候，流言又轉了一圈傳到他的耳朵裏，於是他更加堅定了自己的想法。

於是，虛假的流言傳多了，便成爲真實。然後又有傳言，李傑能夠提前畢業也是得到了家庭背景的支持，而且他的背景極深，甚至可以左右媒體，那些媒體瘋狂的報導就是證明……於是流言四起，大家紛紛猜測李傑的背景。這個世界上什麼東西最快？光？不對，最快的是流言。

當有人問王永的時候，王永只是笑笑，他覺得很有意思，人們的想像力足夠豐富，竟然有人會想到李傑有深厚的背景。其實王永也不知道李傑有什麼背景，因爲他們從來也沒有聊過。不過他知道李傑肯定沒有什麼背景，因爲他的母親就在自己手下接受治療，不過這除了他，很少有人知道，他也懶得說。

對於王永高深莫測的笑，大家更堅定了自己的猜測，當然他們只敢問王永，至於院長，他們可不敢去問，因爲工作時間八卦，肯定要挨罵！

醫院關於李傑的傳言幾乎所有人都知道，只有他自己蒙在鼓裏。那個粗脖子在醫院也是有醫生朋友的，那個朋友也是仇視李傑的一個，也正是因爲朋友的資訊，粗脖子才知道李傑還有個腎移植助手的工作要進行，在朋友的唆使下，粗脖子去找小飛。本來以爲小飛會相信他們的話，李傑會失去小飛的支持，這台手術就保不住了，可是人算不如天算，粗脖子被一頓毒打，打得差點連他媽都不認識他了。隨後流言傳開，粗脖子的朋友聽到傳言後一身冷汗，暗自慶幸自己沒有跟李傑公開對抗。

小飛是黑社會的，爲什麼一個黑社會的頭目會指明李傑做手術？於是一些閒人們經過分析得出了一條結論：李傑有黑社會背景！同時在傳言中加上了這麼一條：李傑是黑社會某位頭目的好兄弟！某日得罪李傑的粗脖子被毒打，說明李傑黑社會背景深厚，有很強大的實力。

於是李傑的身分又神秘了一些。

李傑將鮮花插在母親床頭的花瓶裏，然後坐在床邊削著蘋果，外科醫生靈巧的手，削的蘋果也很精緻，最近他忙得連陪伴母親的時間都不是很多，雖然是一個實習生，但院長等人對他照顧很多，他不得不努力工作回報。

母親雖然理解兒子，但是做爲兒子不能一直照顧母親，總是過意不去，所以李傑一有空的時候就會來看母親。

母親的手術一推再推，因爲她的身體總是達不到王永要求的狀況，這是一次超難的手術，必須在最好的狀態下、最有把握的時候進行。

「兒子啊，媽都住院這麼多天了，什麼時候能出院啊？」李傑母親說道。

「媽，您就要好了，王主任告訴我，說你不喜歡做檢查！您可要聽王主任的話啊！他讓您檢查，就要去檢查！」

「也都檢查過好幾回了，也查不出什麼問題，就別花這冤枉錢了。」李傑的母親還是不願意。

母親不做檢查就是怕花冤枉錢，李傑爲了母親，無論多少錢都可以花出去，錢可以再賺，病治不好可不行，再說母子的感情能用錢來衡量麼？在李傑眼中，不孝的人是最可惡的，多少不孝子將病重的母親扔到街頭，害苦了好心的醫生，有的時候救了人，老人就賴在醫院，賴上了醫生。

李傑將母親哄睡著了後才離開。離開病房，變戲法似的弄出一束鮮花，這是他早買好的，在給母親買花的時候，他看到了嬌豔欲滴的玫瑰，靈機一動，立刻想到爲什麼不直接送花向石清表白？

李傑提著花向石清的辦公室走去，一路上還有點忐忑不安，好像一個清純的小男生。他也覺得奇怪，爲什麼穿越變成李傑以後，竟然臉皮也變薄了，而且變得膽小且純情了？

李傑暗罵自己無能，打起精神快步向前走去。剛剛走到門口，就聽見屋內幾個女孩唧唧喳喳說話的聲音，不用想也知道，是石清跟她的同伴們。

雖然屋子裏有很多人，但李傑卻認爲這是個好機會。所有女人都愛慕虛榮，不過程度不同。如果自己進去，當著這麼多女伴的面將花送給石清，肯定會贏取她的芳心。

李傑很紳士地敲了敲了門，屋內傳來了一句請進，他輕輕地推開門，臉上掛著自認爲最迷人的微笑。

「李傑？」一個聲音驚訝道。

「哇！張璇？」李傑一聽聲音不對，再仔細一看竟然是張璇，屋子裏面全都是小護士，都是石清的朋友，卻唯獨不見石清。

張璇怎麼會在這裏？李傑不明白！

「啊！你怎麼知道我今天要來？竟然還帶這麼漂亮的花！」張璇一眼就看到李傑手裏那嬌豔欲滴的玫瑰。

「這……」

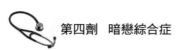

李傑剛要解釋，卻被張璇打斷了，她一把將花奪了過來：「謝謝你，李傑！」

「等等……這個……」李傑想要解釋，卻又猶豫了，因爲所有的女孩們都在看著他們倆，都希望李傑能夠將花送給張璇。李傑此刻是啞巴吃黃連，有苦說不出！

「李傑，你在幹什麼？怎麼不進去？」

話說人倒楣，喝涼水都塞牙，李傑怕什麼來什麼，就在他向張璇解釋的時候，石清竟然回來了，她只看到門外的李傑，等她走到門口的時候覺得心都涼了，只見張璇手裏拿著一束火紅的玫瑰，每一朵都紅得刺眼，每一朵都嬌豔得讓她難受，接著，讓她更爲憤怒的一幕出現了，張璇竟然在李傑的臉上輕輕地吻了一下，紅著臉跑開了。

李傑覺得自己跳進黃河也洗不清了，不，應該是跳長江！他本來認爲張璇是誤會了，以爲自己要送花給她。現在他終於明白了，自己小看了張璇，她知道石清要來，竟然故意親了他一下。

李傑只能暗自搖頭，這個貌似單純的小丫頭竟然有如此心計，自己今天真是栽了個大跟頭。

張璇親吻了李傑以後，小護士們熱烈地鼓起掌來。李傑此刻已經無語了，難道向石清解釋麼？以石清那火爆脾氣，只怕會在他的胳膊上留下無數條淤青的傷痕。再說，當著這麼多人的面解釋，那張璇以後如何在朋友面前抬頭？

李傑只能無奈地苦笑，石清帶著憤怒的眼神在他的胳膊上留下一條淤青。

師兄看到長吁短歎的李傑，想想的確應該幫幫他，自己上次那魯莽的插管，多虧了李傑在場，如果是別人，估計不會幫著隱瞞。

「李傑，我覺得你應該去看看病了！」

李傑從思緒中跳出來：「有病我自己會看，師兄不用操心了！」

「你應該掛號愛情科，不過有我在，你不用擔心，我可以幫助你，走，師兄請你吃宵夜！」

盛情難卻，李傑硬是被他拉到街邊的小攤上，學生吃宵夜也就只能在這種便宜的地方，不過多數人在多年後有錢了，卻總是回想以前的時代，覺得窮學生時代的東西最好吃。

兩個人隨便點了一些吃的，又要了幾瓶啤酒，扯開話題。

「剛剛說你的愛情病，師兄我是過來人，覺得你應該是暗戀綜合症！」

李傑看著這個過來人，感到有些好笑，自己作為李文育的時候，貌似睡過的女人比師兄認識的還多。

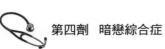

「你可別說了，我很正常！」李傑喝了一口啤酒說道。啤酒有些苦澀，他忍著喝了一口，再也不想喝第二口了。作爲外科醫生，他向來很少喝酒，喝醉的時候就更少。

「看來我猜對了吧！其實我也跟你一樣！」師兄也不管李傑怎麼樣，便開始訴說自己的感情：「其實我也喜歡一個女孩！」

「哦！」

「可是她卻不知道……」

李傑覺得應該掛號戀愛科去看暗戀綜合症的應該是師兄。這回竟然身分反轉過來，李傑成了醫生，師兄成了患者。

「我們兩個身分差距懸殊，她很漂亮，又是博士生！我不過是一個本科生，又沒有什麼錢！」

李傑靜靜地聽著。

「其實這個人你也認識的！」

「博士？女的？漂亮的！」李傑在心中搜索著符合條件的人。

「而且還有一個更優秀的男人在追求他！我真的很痛苦，你說我怎麼辦！」

「怎麼辦？涼拌！把那個男人切了涼拌！」李傑怒道。

他已經搜索到符合條件的人，女博士，漂亮的就只有石清了！當聽到還有更優秀的男人追求她的時候，李傑著急了。

竟然又出現了一個競爭對手！還是一個更優秀的！

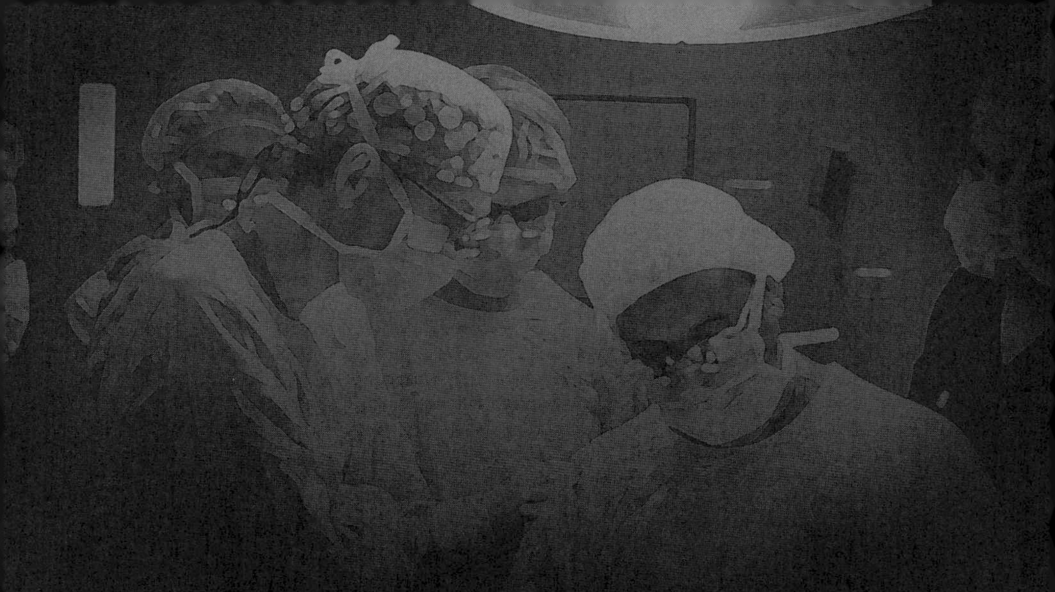

第五劑

# 神乎其技的手術

高深的手術技術，需要對人體結構十分理解。
有的時候，手術可以與拆炸彈相比，
那種緊張絲毫不亞於選擇剪紅線還是黃線。
當然，拆炸彈時弄錯了會死，手術失敗也許不會死，
但是很可能做為一個醫生的下半生就毀了，
手術中出現技術問題的醫生，很難再上手術台的！
一個外科醫生沒有了手術刀，就是一具沒有靈魂的軀殼！

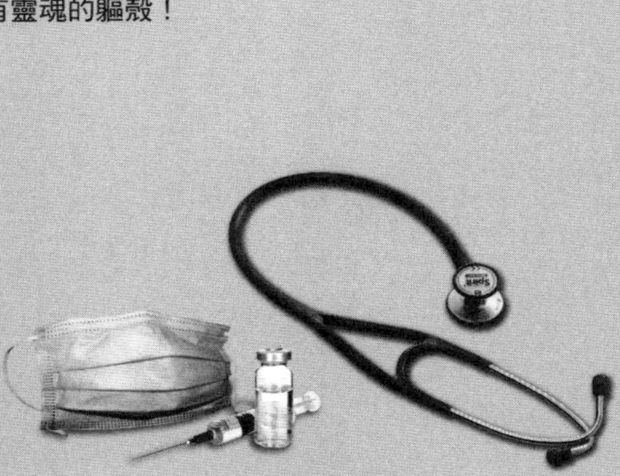

有敵人不可怕，可怕的是有了敵人還不知道！輸得莫名其妙才窩囊！

李傑安慰著痛苦的師兄，師兄也真可憐，竟然喜歡上了自己的小青石，當然，李傑認為石清是他的囊中物。

敵人！敵人！突襲警報！情敵出現了！當然，李傑擔心的情敵不是眼前的師兄，聽說可憐的他還沒有擺脫那個少婦的糾纏。而且，李傑也覺得師兄不是自己的對手，他的對手應該是那個不知名的優秀男人！當然，如果公平競爭李傑當然不怕，可惜的是自己後方起火。本來已經勝利在望了，半路竟然殺出個張璇……

師兄一邊說一邊喝酒，可惜他要說的太多，酒量卻太差，三瓶啤酒下肚，已經醉了。

李傑歎著氣，扶著醉醺醺的師兄回家，他想起家鄉的一句俗語來：小樹不修不直溜，人不修理哏揪揪。半路中竟然殺出情敵來，那麼就要讓他知道李傑的厲害！

送師兄回家以後，李傑又回到醫院去看母親，時間已經不早了，母親也許已經睡著了。就算睡著了，也要去看看，要不總是不安心。

李傑走到病房門口，很小心地走過去，生怕弄出聲音將母親吵醒。可到了門口，卻聽到屋內有人說話，走進去一看，原來是張璇，這小妮子身穿一套純白的護士裝，腳蹬一雙粉紅的小布鞋，正微笑著與母親低聲細語。兩個人似乎聊到什麼高興的事情，都忍不住笑了起來。

「張璇，你怎麼成護士了？」李傑對於張璇的出現感到奇怪。其實今天白天他就應該察覺出來，因爲煩心的事情太多，到現在才發現張璇出現在醫院裏。

「我本來就是個護士啊。」張璇反問了一句。

李傑一時語塞，想想也是，張璇學習的是護理專業，難道是來醫院實習？好像還沒有到實習的時候。如果靠她老爹的關係，倒應該沒有什麼問題。

「我是來實習的！現在正在心胸科！我沒有想到伯母竟然在醫院裏！」張璇看了一眼李傑的母親，笑著說。

「原來你們是同學啊！你怎麼都不告訴我呢？」

「您也沒有問我啊！」

一切也太巧合了，如果沒有白天張璇搶花的事情，李傑也許會真的認爲這是巧合，但是他已經知道了，貌似單純的張璇可不是一般人，她繼承了她老爹的智慧，不過她老爹是將智慧用在官場上，這個看起來可愛柔弱的小姑娘卻將智慧用在與李傑搗亂上。

「還真是巧合啊，我正在心胸科！」李傑冷淡地說道。

「是啊，看來我們很有緣分哦！」張璇也不管李傑話中的譏諷，高興地說道。

李傑徹底無語了，不過他看著張璇的大眼睛眨啊眨的，心也在怦怦地跳，這是個危險的信號。

張璇也看出了李傑的怪異表現，知道已經成功了一半，於是變本加厲起來。

李傑強打精神對自己說，我是正人君子，我堅強如鐵，怎麼能被張璇誘惑？她不過是一個不懂事的孩子，對自己的感情是建立在感謝的基礎上，同時自己又表現得聰明博學，而且英俊瀟灑，女孩子大多都喜歡幻想，想著自己是一個公主，總有一天會有一個英俊瀟灑的王子來迎娶。顯然，張璇將李傑當成了白馬王子，李傑其實很想告訴她，騎白馬的不一定是王子，也可能是唐僧啊！

李傑發現張璇給母親的印象很好，於是不打算追究她白天搶花的事情了，其實李傑知道，就算追究也沒有用……

不過話說回來，張璇的護士裝的確很好看，她變得成熟了，當然指的是身材。這身護士服相對於張璇來說有點小，特別是胸部，護士服的第一排鈕扣如果扣上，效果會更好。

「八十四，五十七，八十二！」經過李傑的神眼巡視以後，得出最新結論，距離上一次見面有了小幅度增長。作為色狼，李傑不可能對張璇這樣的小美女沒有感覺，但是作為一個好人，他不能做那麼邪惡的事情。

李傑感覺這一天過得真是疲憊，回到家還不能立刻睡覺，必須沖個冷水澡來滅滅火！他現在實在是有點怕張璇這個小妖精，她可真是玩死人不償命啊！

第二天一早，李傑去醫院，發現張璇竟然沒有纏自己，於是長長地舒了一口氣。隨即李傑發現自己放鬆得過早了，他本想去找石清說明昨天的誤會，還有點擔心師兄說的那個優秀的醫生，害怕情敵會乘虛而入。可是剛剛走到石清的辦公室門口，發現張璇竟然跟在身後。

「張璇，你幹什麼？」李傑有些惱怒。

「沒啊！我路過而已！」張璇一副不在乎的樣子。

李傑有些生氣了，十分氣惱地看著她。

張璇看到李傑的樣子也有些害怕，抬腳就準備逃跑，卻被一把抓住右手手腕。

「你弄疼我了！」張璇氣道。

「啊！你還知道疼啊！你讓我生氣了，知道不？」

「不知道，我要生氣了！如果你再不放手的話！」

「那你就生氣吧！你知道麼？你惹麻煩了！我可不是你想像得那麼好，我可是……嘿嘿！」李傑竭盡所能讓自己的笑聲聽起來淫蕩，一邊說著一邊靠近張璇。

張璇一步一步後退，沒有幾步就靠到了牆上，她的左手被李傑握住，想用右手推開李傑，卻怎麼也使不上力氣，李傑越貼越近，她甚至能聽到李傑的呼吸聲，能夠聞到他身上那股特有的男人味，她曾經趴在他的肩膀上聞過的味道，那種讓她迷醉的味道。

「你想做什麼就做什麼吧！反正我早晚都是你的人！」張璇閉上眼睛說道。雖然她這麼說，心裏還是緊張的。

李傑差點暈倒，這個小妮子竟然不害怕！

張璇閉著眼睛聽到「砰」的一聲，接著又聽到腳步聲，她覺得自己有救了，可這腳步聲卻漸漸遠去。她又高興，又害怕，難道李傑真的敢對自己怎麼樣？他敢親她麼？

等了好一會兒，也不見李傑有什麼動靜，突然她發現李傑抓著自己的手放開了，於是睜開眼睛，發現李傑的表情很怪。

那是一種很鬱悶的表情。

李傑覺得運氣太差了，跟張璇鬧著玩的時候，竟然被石清碰到。自己不過嚇唬張璇一下而已，又沒有真的做什麼。

這次石清真的生氣了，看她那表情就知道，李傑都沒有勇氣攔住她，這真是仗還沒有

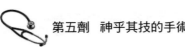

打，自己先出現內亂了！

李傑雖然擔心，可是他覺得石清能吃醋，就說明心中還有自己。現在她正在氣頭上，按照李傑的理解，去道歉不過是把自己變成出氣筒，而且還不被原諒，也許應該想一個更好的辦法讓她消氣！

不過，現在沒有更多的時間考慮了，因爲小飛母親的手術提前了，基於各種因素的考慮，張教授決定李傑進行手術。

小飛的母親通過透析等各種治療手段，情況顯著改善，腎功能、水電平衡和酸鹼平衡達到或接近正常，心臟情況良好，完全達到手術的要求，至於腎源，則是小飛提供的，他經過檢驗配型成功，可以爲母親進行移植。

至於腎臟的來源，小飛的母親根本不知道，如果知道，恐怕不會同意用兒子的腎救自己。

李傑明確告訴過小飛，現在的技術下，腎移植患者能達到三年的存活率不足七成，也就是說，將腎移植給了母親，她也不一定能多活幾年。但是小飛卻堅持自己的想法，爲了母親不怕任何犧牲。

其實李傑早就知道小飛不會改變主意。在手術室外，李傑看到惡鬼強，也就是以前遇到過的強哥，那個渾身散發著死亡氣息的傢伙，還有小飛的幾個小弟，他們都在焦急地等待手術結果。

「看來，小飛混得還是不錯麼！」李傑心想。

小飛的母親在手術前兩天已經用了陸浩昌教授提供的抗免疫製劑，以預防手術中的排異反應發生。此刻她已經全身麻醉，安詳地躺在手術室裏。

小飛在麻醉以後也失去了直覺，麻醉前他對李傑說的最後一句話就是：無論如何救活我媽，不用管我。

他認爲手術也許會出現意外，會出現選擇救一個的情況，那麼應該救母親。其實這樣的情況根本就不會發生，但此刻李傑一點都不覺得好笑。

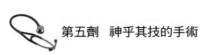

手術在醫院的觀摩手術台進行，這個手術台設備最好最齊全，並且有一個觀摩台，整個手術室都是用玻璃封閉的。觀摩台上的人不需要消毒，也可以清楚地看到手術的過程。這次手術，醫院的很多醫生都來觀看，很具有學習價值，因爲這是移植領域最頂尖人物張教授主刀的手術。

這個手術室李傑第二次來，第一次是張璇的心臟手術，那次他是作爲觀眾來學習王永手術的手法。這一次他是作爲助手，是實際操作者做腎臟的移植。

如果有下一次，李傑想成爲主刀醫生，在這裏向大家展示自己的手術技巧。

這次腎移植首先要做的是將提供者的腎摘除，然後再將患者的壞死腎臟摘除，最後將供體腎臟移植到患者體內。在這個手術中，李傑雖然是助手，卻扮演了一個十分重要的角色。

張教授在手術馬上開始前才告訴李傑手術計畫，他決定患者與供腎者的手術同時進行，活腎摘取由他來進行，而患者病腎的摘除，則由李傑來進行。

這也就是說，同時兩個手術台，張教授取小飛的腎臟，李傑取小飛母親的腎。

其實患者的病腎移植並不是都需要摘除，只有少數患者的腎臟病變嚴重需要摘除，小飛母親的右邊單側腎臟病變程度達到了必須摘除的指標，必須摘除。

手術開始的時候，當大家看到李傑與張教授分別站在兩個手術台上，紛紛發出驚歎的聲音，他們都明白這意味著什麼，每個人臉上的表情都不盡相同，有驚歎的，有讚賞的，有嫉妒的，也有祈禱的。

將病患腎摘除其實可以算是一個獨立的手術，其性質與腎臟的切除差不多，但是很多地方卻比腎臟切除要困難，這主要是限制在時間上，因爲病人身體虛弱，可能無法承受這麼長時間的手術。

手術刀在李傑手中，如被賦予了靈魂一般，鋒利的刀刃下，皮膚、肌肉、筋膜紛紛斷開。即使在眾人的矚目下，李傑也沒有絲毫的緊張，這一刀所選的位置恰到好處，切口工整，大小適度，同時巧妙地避開了髂腹股溝神經與髂腹下神經，這一刀充分地展現了李傑現階段擁有的水準。

在場觀看的醫生基本都是第一次看李傑做手術，李傑頂著天才的頭銜，但是眾位醫生卻都信不過他的技術。真正的醫術是需要在醫院學習的，課本上的東西畢竟都是死的。

手術開始時，李傑在手術台上的沉著冷靜就得到了眾多人的贊許，要知道他在醫學界不過是一個新人，這份冷靜是難能可貴的。等到李傑這一刀下去以後，大家紛紛讚歎，李傑果然不是徒有虛名之輩。

手術刀啓開皮膚肌肉以後，切到腎周圍筋膜的時候，便不能再使用它了，因爲筋膜距離腎臟很近，容易傷到腎臟。但腎臟還與筋膜相連，必須先將它們分離開，才能取出腎臟。

李傑伸出手指，開始分離腎與周圍筋膜，先從腎的凸面和後面開始，再到上、下極和前面，然後沿輸尿管上段分離至腎門。

在腎門之前，手術一直都很順利，但是此刻他卻停住了。

因爲分離腎門是腎摘除術的關鍵步驟，分離得成功與否，關係到病人的安危。

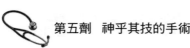

李傑發現，患者腎門周圍筋膜黏連情況緊密，這樣的情況是最糟糕的，因爲這樣最難分離。李傑抬起頭，挺了挺腰，器械護士趁機給他擦了一下額頭的汗水。

即使情況特殊，也難不倒李傑，但問題是如何能快速地分離，這次手術必須搶時間，因爲張教授摘取小飛的活體腎是不會等他的，活體腎在摘取下來以後必須儘快地到受者身上，否則長時間缺血容易造成損傷，李傑必須趕在張教授之前做完腎臟的摘除。

李傑深吸一口氣，然後彎下腰繼續手術，經過短暫的考慮，他已經有了主意！

「包膜下腎切除術！」一位觀摩手術的醫生驚歎道。

「的確是，包膜下腎切除術！」王永附和道。

「他還真的自信，那麼狹小的空間裏用刀可是非常危險的，如果傷到病腎實質，會引起大量出血，手術可就完蛋了！」另一位醫生說道，對於他的話大家紛紛表示贊同。

幾乎所有人都屏住了呼吸，想看看新人醫生是如何做這個高難度的切除術！

李傑那似乎有著靈魂一般的手術刀在包膜下游走，此刻手術刀的確有了靈魂，就好像知道應該切什麼，不應該切什麼。

手術刀大膽地切開腎包膜，刀的尖端緊緊地貼著腎實質，卻一點沒有碰到。接著他又用刀柄而不是手指，在腎包膜下向腎的前、後、上、下極作鈍性分離，直至腎門處。

如果說包膜下腎切除術，在場觀摩的醫生還可以接受的話，那麼李傑用刀柄做分離，可要批評他了！這太危險了！一個新人憑什麼覺得自己能完美掌握手部的力度，憑什麼自信不傷到患者？

危險歸危險，但是這樣做的好處就是速度快。高效率，高回報總是伴隨著高風險！擁有至高的技術，總是可以避免風險而享用最高的效率與回報！

在李傑將包膜分離後，腎血管和輸尿管漸漸地顯露出來，他終於露出了一絲笑容。刀柄分離腎包膜，他也是第一次這麼做！但是他對自己充滿信心。

雖然他曾經做心臟手術的心包膜，與腎包膜不一樣，但是技術原理卻總是相同的。最困難的分離腎門終於完成了，不僅僅是李傑，眾位觀摩的醫生也都放下懸著的心，長長地舒了一口氣。

大家此刻才發現，幾乎所有人都在不知不覺中開始關注李傑的腎摘除手術中的大膽操作，而忘記了這次來的主要目的是觀看張教授完美的手術操作！

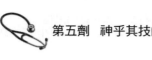

當大家都鬆了一口氣，準備看張教授手術的時候，李傑這裏出現了讓他們目光無法轉開的事情。

撲！一股血液朝他射來，李傑反射性地閉上眼睛，血液擊中他的額頭，順著臉頰流了下來！

當你覺得危險時刻已經過去的時候，你是錯誤的，因爲你此刻正處在最危險的情況中！

當最困難的分離腎門終於完成的時候，李傑有些過於放鬆，這是他的失誤，一個成熟的醫生，一個優秀的醫生在手術台上不會有任何的放鬆。

他之所以放鬆，是因爲剩下的操作都比較簡單，不過是簡單的腎血管與輸尿管的處理。

輸尿管是最容易的，因爲相對於血管來說，它的韌性好得多，將輸尿管在腰段的走形分離開，然後用紗布條繞過輸尿管，將其提起，繼續分離。最後在分離的最低處，用兩把止血鉗夾住輸尿管，在兩鉗之間切斷，兩斷端先後用小棉球蘸純石碳酸、七十五度酒精和生理鹽水消毒處理後，將輸尿管縫紮。

李傑完成得很順利，也很快，他不知道張教授的手術完成了多少，但是他有一種感覺，自己的速度不會慢多少。

腎血管相比輸尿管要嬌氣得多，它柔軟而脆弱，裏面還流動著不安分的血液，處理它之前，要仔細分離腎門處的脂肪組織，充分地顯露腎動脈和靜脈。

在分離血管的時候，李傑小心了很多，他仔細地一步一步分離開腎動脈和靜脈，然後用腎蒂鉗分別夾住血管遠端與近端，在兩鉗之間剪斷血管。因爲兩端的血管都被封堵，剪斷血管時血液不會湧出來。

在李傑的手小心地托著病腎，正打算取出來的時候，卻感覺到一股熱流沖向額頭，他條件反射地閉上了眼睛。

他立刻停止了動作，站在那裏不動，等待護士來幫他，因爲前方是手術台，這是一個內部臟器暴露的病人，醫生的任何一個多餘的動作都可能損害病人體內重要的臟器。

觀摩的醫生們也發現了李傑這邊的情況，注意力再次集中到此處，紛紛議論著觀看。

李傑臉上的血被擦乾以後，他睜開了眼睛，病人腎動脈的上遠端，腎蒂鉗滑脫造成了大量出血。現在，護士已經用紗布堵住了出血點，但是血依然地向外湧出，原本清晰的血管已經完全淹沒在血液中。

真是越著急越亂，竟然在這種小問題上除了岔子，這是一個意外，出現的機率並不大，卻硬是讓李傑碰到了。

「病人血壓下降！」

觀摩的醫生們此刻已經議論紛紛：「他在想什麼？難道不知道這種情況應該怎麼辦麼？」

「畢竟是新人，第一次碰到手術意外可能已經嚇傻了！」

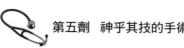

「原形畢露了！」接著一陣哄笑。

「可是張教授爲什麼不去幫一下他？病人現在血壓已經開始下降了吧！」

眾位醫生的目光再次聚集在張教授身上，張教授雖然專心地做自己的手術，但他已經察覺到了身後李傑的情況有些不對，他沒有理會，繼續專心地做手術。

因爲他相信李傑，既然選擇他做自己的助手，就要充分相信他，同時也是相信自己的眼光。

「血壓持續下降，是否要輸血？」

李傑沒有說話，此刻他在考慮應該如何處理眼前的這個小小意外，通常的方法應該立即用較大的乾紗布墊向椎體，緊壓出血處止血，然後用小紗布慢慢將傷口內血液吸盡，等待病人經加壓輸血情況好轉，備血充足後，再輕輕移去紗布墊，顯露並查清出血部位，然後在直視下立即用止血鉗夾住。

但是這樣做太浪費時間了，如果李傑如此處理，那麼不等他做完手術，張教授那邊就已經將腎臟移植出來了。活體腎如果離開身體的時間太長，會對其造成很大的損傷。所以，爲了讓病人身體損傷減少到最小的程度，李傑必須在張教授的腎臟移植出來之前，將手術做完。

血液已經浸透的幾層紗布，護士雖然用力封堵，但卻收效甚微。護士向李傑望去，滿眼儘是求救的信號。

「腎蒂鉗！」李傑說道。

護士先是一愣，隨後才反應過來。腎蒂鉗？這太瘋狂了！護士心想，不過手術台上醫生就是主刀，她沒有權利反抗。

李傑握著腎蒂鉗，仔細看著那充滿鮮血的傷口，然後果斷地將腎蒂鉗深入血液中。

「他太瘋狂了！」一個觀摩的醫生說道。

「他這麼做根本就是亂來，他根本沒有希望找到滑落的血管，而且這麼難，他不怕傷到重要組織麼？」另一位醫生尖叫道。

幾乎所有的醫生都爲李傑捏了一把汗，沒有人同意他的做法，的確，他的做法超出了常規。

但隨後的結果讓他們閉上了嘴巴，李傑將腎蒂鉗固定以後，示意護士將紗布拿開，然後用紗布將傷口內血液清理乾淨，同時下令輸血，補充剛剛失去的血液。

「真是不可思議！他這是運氣吧！」

「不知道，如果他真的能在血液中找到那斷開的血管，那他實在太厲害了，我甚至無法想像，他是怎麼找到的！」

如果李傑聽到這話，肯定會很囂張地告訴他：這是直覺，天才的直覺！哈哈哈！

其實這是李傑出於對血管結構的深刻理解，以及對出血點的觀察得到的結論。因爲血管出血，在血液中肯定會形成細小的波瀾，就是最細小不易察覺的波瀾，只要抓住它，就可以大概確定血管的位置，再憑著對人體結構的深刻瞭解，就可以捕捉到藏在血液中的血管，從而一下子夾住它。

這是一個危險的方法，也是最有效的方法，無論怎麼說，問題是解決了！

接下來李傑將血管與輸尿管順利地縫紮，完成以後，他回頭看了一下張教授，他還沒有完成腎摘取，雖然看不到做到哪一步了，但是李傑知道必須抓緊時間，張教授應該馬上就會完成。

其實李傑與張教授的手術方法相差不大，都是腎的摘除，但是二者在操作上卻不可同日而語。

張教授所摘取的是活體腎，需要移植用，在各種處理上需要更加謹慎。而李傑取的是壞死的腎，摘除的時候考慮就相對少一些。

在完成腎臟的摘除以後，李傑還需要再次在患者身上開一刀，因爲移植腎並不是一定要進行原位移植，即移植到摘除腎所在的位置，這也是爲什麼腎移植手術中，除非一些症狀以外，並不需要摘除病腎。

當然原位移植腎臟也是可以的，但因術後移植體不容易觀察，萬一手術後出現症狀，重新手術更爲困難，故一般都不採用。多數手術採用常規右髂窩（也就是闌尾附近）的做法，術後便於觀察。腎臟的觸診、體積變化的估計和活組織檢查均較容易，一旦出現併發症，再手術亦無太大困難。

「終於結束了，看李傑的手術真是讓人心臟都受不了！」

「是啊！這個小傢伙實在太有意思了，雖然手術很驚險，但……真是大開眼界！」

「下面我們就可以看張教授的手術了，不！應該是欣賞他的手術！」

院長聽著議論很是高興，這次來觀摩手術的醫生，有很多是其他醫院的，張教授和李傑的手術讓這群傢伙折服，讓他很有面子。

「開什麼玩笑，左側！他竟然選擇左側！」一個人尖叫道。

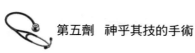

眾人的注意力再次集中到李傑身上！

一般腎移植都選擇右髂窩，基本只有失效後的第二次移植時，才用左髂窩。原因是左髂窩會困難些，第一是因爲右側腸系膜不容易拉開，第二是由於血管吻合，尤其靜脈吻合非常困難。

但是李傑卻是在左側開刀，他選擇的移植位置是難度更高的左側！

「真是太瘋狂了！他到底要做什麼？這是張教授的意思麼？」院長喃喃自語道。

李傑雖然聽不到大家的議論，他也知道自己的方法肯定會引來爭論，但是卻沒有時間去管別人的想法。

手術刀在病人的左髂前上棘至恥骨上劃出一刀美麗的弧線，一條長約十五釐米的弧形切口，完美地顯現。

腎移植到左側是十分困難的，當李傑完成手術切口的時候，張教授這邊正好取出小飛健康的腎臟，然後兩個人互相換位置，李傑去做小飛的血管輸尿管的縫紮，張教授則將完好的腎臟移植到患者身上。

當張教授看到李傑的切口時，顯然吃了一驚，隨後在那大大的口罩下露出了一絲不易察覺的笑容。

李傑此刻有點不安，其實手術前，張教授沒有交代過到底要將腎臟移植到左邊還是右邊，一般情況下都會選擇右邊的移植位。因爲手術操作右側簡單很多，而且通常情況下兩邊的效果是一樣的，但是李傑卻選擇了左側，沒有別的原因，主要還是出於對病人身體損傷的考慮。

手術中首先考慮的是手術的成功率，然後就要考慮對病人身體損傷的大小。

張教授覺得這是李傑給他出的一個難題，不過他對於這個題目欣然接受，其實他也是準備在病人左側手術的，因爲這個病人比較特殊，她右側的腎臟已經摘除，如果繼續在右側開刀，手術時血管結紮導致缺血等各種原因，會對身體血管神經等造成比較嚴重的損傷。

左側雖然困難，但是對於張教授來說，不過是多消耗一點時間而已，他抬頭看了一眼那些觀摩的醫生，他們一個個都在密切地關注著自己。

「既然如此期盼，那就讓你們看看我的真正實力吧！」張教授暗道。

施展全部實力的張教授，每次操作都精準到極點，而且速度很快，護士與助手都跟不上他的節奏。有些時候，需要張教授提醒才知道下一步怎麼做。

還好，這樣的狀況沒有持續很久，李傑在小飛的身體上縫合了最後一針後，就過來幫助張教授，此刻他是一個真正的第一助手。

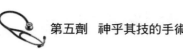

「手術到了關鍵時刻了，還好李傑過來幫忙了，否則剛才的那個助手恐怕會出錯誤！」一位觀摩醫生說道。

「接下來才是這次手術的關鍵，即使是張教授，恐怕也會感到棘手吧！」另一位醫生擔心道。

「我從來沒有見過這樣分離結腸系膜的方法！他們兩個果然都是瘋子！」

隨著這位觀摩醫生的驚歎聲，大家的注意力完全集中在手術台上，此刻院長頭頂滿是汗水，他不是擔心手術會失敗，他很信任張教授，他擔心的是醫院的聲望，張教授的手術方法有點太可怕了。

這樣的手術方法，無論誰見了估計都要嚇一跳，只見張教授與他的助手李傑一人手裏一把血管鉗，夾住腸系膜邊緣用力拉扯著，然後張教授竟然用手在系膜之間做鈍性分離。

這一幕容易讓人想起暴力屠夫……

其實李傑也不喜歡這樣的方法，他覺得手術應該是優雅的，就像舒伯特的鋼琴一樣。當然有的時候，比如搶救時，李傑覺得手術應該是充滿激情的，這個時候他喜歡林肯公園的搖滾。

可惜現在他可不敢聽音樂，也沒有這個權利，他不過是一個實習醫生。現在他就像一個屠夫，手裏拎著腸子，身上血跡斑斑，這血跡是剛剛血管鉗滑落時噴到身上的。

院長也覺得張教授的手術動作有些不文雅，如果這樣的手術讓家屬看到肯定會有意見，雖然這是最快捷有效的方法，也是很安全的方法。

張教授可不管那麼多，這個小方法的改進可是他自己研究出來的，雖然不好看，但卻是最實用的。

持續的操作下，終於找到了髂外動脈，依然是用紗帶提起，分離，以便在其前方或後方顯露靜脈。

「肝素化的鹽水沖洗動脈管腔！」張教授命令道。

終於到了吻合血管的時候了，移植腎需要吻合腎靜脈與腎動脈兩條血管！

張教授結紮了髂內動脈的末端，用血管夾夾住起始端，緊貼結紮處剪斷，然後又用血管鉗夾住靜脈，將其寬闊的外側阻斷。

靜脈吻合的部位較深，故需先做。特別是這次選擇左側的移植髂總靜脈處於骨盆深部，靜脈吻合是一個高難度的操作，部位深入體內，所以空間十分狹小，手術動作不容易展開，而且血管是十分脆弱的，稍有不慎，就會導致吻合失敗。

觀摩的醫生都已經緊張地站了起來，這樣的血管吻合術是難得一見的！

在髂總靜脈上切口，其大小與腎靜脈的血管口徑相仿，所謂血管的吻合就是在髂總靜脈上連接一條血管，就像一棵樹在上面嫁接一個分枝。

但是手術卻不是嫁接那麼簡單，以張教授的能力也是費了很大的力氣才找到髂總靜脈，這需要很高深的手術技術，如果對人體結構理解不夠，可能會找不到，如果手一抖還會傷到組織。

有的時候，手術可以與拆炸彈相比，那種緊張絲毫不亞於選擇剪紅線還是黃線。當然，拆炸彈時弄錯了會死，手術失敗也許不會死，但是很可能做爲一個醫生的下半生就毀了，手術中出現技術問題的醫生很難再上手術台的！

一個外科醫生沒有了手術刀，就是一具沒有靈魂的軀殼！

找到血管以後，還要在狹小的空間內選擇一個合適的介入點，剪口以做吻合用，這也是個難點，如果口大了，根本無法接入，只能縫合這個接口，然後重新再開，那樣，寶貴的時間就浪費了。

如果口太小，那麼就會有多餘的部分堵住血管，造成血流不暢通，甚至阻塞，在縫合的時候也很難。

一個真正的外科醫生可以不借助任何工具畫出精確到釐米的範圍，一個超級外科醫生卻可以精確到毫米的尺度！

張教授的手術讓人感歎，無論是血管的確定，還是吻合，都是完美的技術，沒有人挑出毛病。

接下來的吻合血管的縫合更是神乎其神，別人也許因爲距離太遠看不清楚，但是李傑卻看得明白，張教授每一針的針距都是均勻的，李傑作爲一個超級外科醫生，眼睛可以精確測量二十釐米的範圍，當然測量三圍的時候用的不是外科醫生的眼睛，那是色狼的眼睛，因此不受限制。

靜脈吻合完成！每一針的距離都近乎於相等，而且牽緊縫線，吻合口貼合緊密。完美的吻合，縫合的血管猶如一直就生長在上面。

所有觀看手術的人都被他的技藝所折服，沉醉其中不能自拔，就連後面的動脈吻合與尿路的重建都沒有心思再看下去。

待血液恢復供應以後，大家才發現原來手術已經要做完了。

院長有點後悔沒有用攝影機將手術拍攝下來，當院長這麼多年，第一次看到這麼精彩的手術，簡直可以奉爲經典，張教授的手術讓醫生們驚爲天人，當然這個經典的手術也少不了李傑。

如果沒有他的失誤，沒有他那一身浴血的手術衣，這也不能是經典。經典總是要有點遺憾，總是要有一點浴血的場面，難道不是麼？

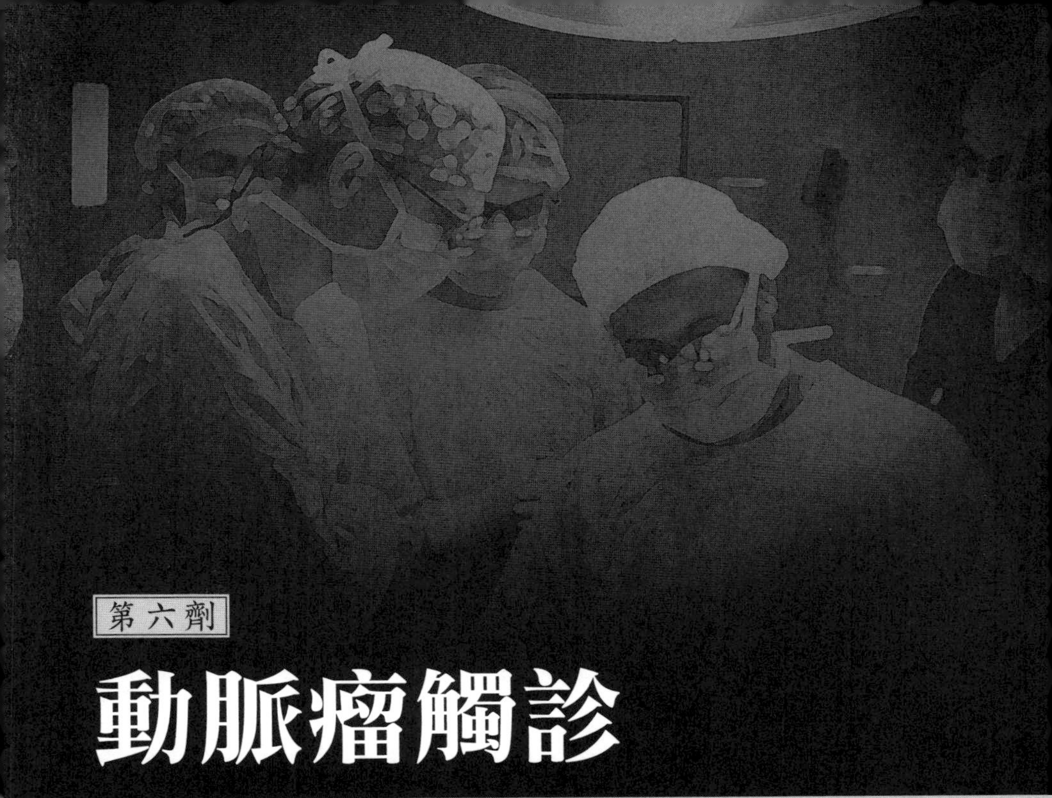

第六劑

# 動脈瘤觸診

李傑並沒有立刻開刀，而是用手輕輕地撫摸母親的升主動脈，
這是動脈瘤觸診，用手來感覺腫瘤的大小，以及具體範圍與位置。
因為腫瘤生長在血管下面，肉眼不容分辨。
這個時候手指的感覺更可靠些，這個技術看似容易，其實很難做到，
健康的血管與病變的血管壁差別並不大，很多醫生摸了一輩子也沒有學會。
王永覺得有點不可思議，他不知道李傑是憑什麼能判斷心臟的腫瘤，
心臟腫瘤的觸診是書上學不到的，
即使很多年的臨床手術經驗也不一定能掌握這個技術，
因為這除了手術的機遇，還需要很高的天賦。

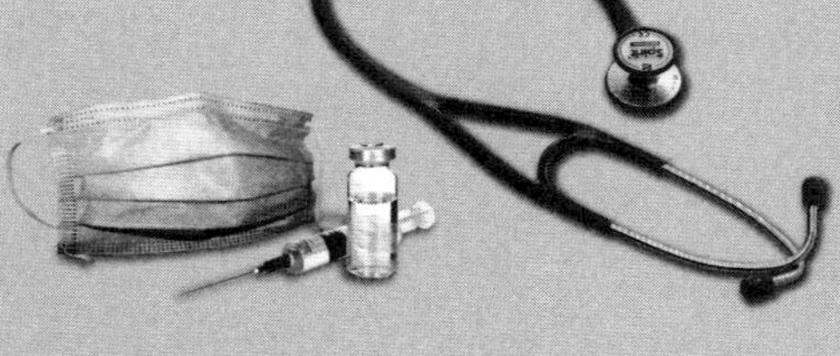

腎移植手術獲得巨大的成功，似乎一夜之間，整個城市的醫療圈子都知道了第一附屬醫院的張教授這個完美的腎移植手術，還有他的助手——大膽的實習醫生李傑，他們成了醫療界談論的焦點，不過此刻還誕生了另一個焦點，那就是陸浩昌的新藥研製宣告成功。

舒緩而柔美的鋼琴曲，世界頂級的紅酒，奢華的裝飾，這裏可以盡情享受夢境一般的夜晚。

這是陸浩昌教授舉辦的慶功宴，慶祝藥品實驗的成功，同時也是慶祝藥品達到藥物管理局審批的要求。雖然目前還沒有達到上市的要求，但是剩下的不過是時間問題，以陸浩昌的人脈，所需要做的不過是走一個程序、一個過場而已。

這次慶功會全都是一些內部人士，除了實驗室的人以外，還有很多醫療界人士，他們都是陸浩昌的朋友，多數人李傑都不認識。

「爲了陸浩昌教授的成功來乾一杯！」一個人高聲道。觥籌交錯中，慶功會達到了高潮。

「能夠成功，首先要多感謝大家的幫忙，沒有你們，我陸浩昌哪裏會有今天！還有我這幾個學生，雖爲師徒之名，實爲朋友之實。多虧了他們啊！」陸浩昌說著，又向大家一一介紹實驗室的人。

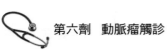

當介紹到李傑的時候，大家紛紛發出驚歎與讚美的聲音。因爲上次的腎移植手術讓李傑的名聲傳遍了醫療界，大家沒有想到，這個才華橫溢的年輕醫生竟然是陸浩昌的實驗員。

陸浩昌手下能有李傑這樣年輕有爲的醫生，新藥的研發取得成功自然在情理之中，這讓眾人羨慕到了極點。

李傑謙虛地微笑接受大家的讚賞，其實對於讚賞的話，他一句也沒有聽下去，因爲他的餘光看到了石清，當然，一個石清還不至於讓他這樣分心。可惡的是在石清身邊竟然有一個帥氣的男人，這個傢伙西裝革履，一手拿著酒杯跟在石清身後，二人低聲細語說著什麼。

靠！說話也不用靠那麼近吧？都要貼到耳朵邊上去了！李傑心中暗罵，這個小白臉，真是可惡啊。

這個小白臉情敵竟然乘虛而入，的確可惡！李傑心想，接著他又想出了幾十種幾百種酷刑，在心中將小白臉折磨了一頓，還是不解氣，他又搜腸刮肚地尋找著那些惡毒的詭計，他一定要讓小白臉吃盡苦頭，可惜卻沒有找到什麼實用的。

這個慶功會場，除了李傑還有一個人很鬱悶，他就是馮有爲，明明是他解決了藥物對於個別體質患者的難題，才可以讓藥物提前達到審核標準，可以說這次成功，他的功勞最大，卻讓李傑搶了風頭。所有的人都在誇獎李傑，沒有一個人注意到他。更可氣的是，李傑竟然是一副不在乎的樣子！

馮有爲端起酒杯，一口喝個乾淨。

李傑在偷看石清的同時，也掃了馮有爲一眼，看著他喝著悶酒，李傑似乎有點過意不去，這次功勞的確是馮有爲的，可他卻備受冷落，就連朱衛紅都憑藉著他老爹的關係也受到大家的恭維。

雖然石清身邊的小白臉很需要修理一下，但是李傑覺得馮有爲更需要安慰一下。

李傑走到馮有爲身邊說道：「有爲，怎麼一個人喝悶酒？讓我來陪你吧！」

馮有爲一愣，還沒有來得及說話，李傑就坐在了他的旁邊。他們兩個雖然同在一個實驗室工作了很長時間，但是交流很少，多數的時候都是在競爭。

「有爲，我一直覺得你很強，尤其是在藥物研究遇到難題的時候，你總是能夠解決，你有著不可比擬的天賦，還有你的執著和認真，這也是我這個後輩需要學習的。」李傑一開場，便給了馮有爲一番甜言蜜語。

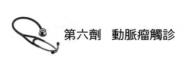

「你不必寬慰我！這次又是你贏了，但是你應該知道，不到最後一刻，我們永遠沒有分出勝負！」馮有爲有些氣急敗壞，他覺得李傑說的都是反話。

「你已經勝利了啊！如果不是你，藥品肯定會因爲個別患者的特異反應而無法獲得批准！」

「我不需要這施捨來的勝利！」馮有爲說道，他彷彿在對李傑說，又或是在喃喃自語：「爲什麼？爲什麼你會突然出現？你要是沒有在這裏出現的話，你現在得到的一切都是我的，都是我的！」

「那這一切就還給你！」李傑拍了拍他的肩膀。

「你別哄我了，你會這麼輕易放棄？你會這麼輕易放棄努力得來的榮耀和成果麼？」馮有爲依舊是喪氣的表情。

「會的，我馬上就會讓你看到！我的志向不是製藥，這是你所擅長的方面。」李傑解釋。

「你以爲我會相信你的鬼話麼？就算你放棄，我也不會要，我會自己爭取，記住了，我們的競爭還沒有完，不到最後時刻，永遠不知道誰才是勝利者。」馮有爲說完，便站起來氣呼呼地走了。

李傑只能無奈地搖搖頭，他不是想施捨，這次明明是馮有爲贏得了研究，李傑已經在研究上做出讓步了。馮有爲的怒氣多是自己找的，這年頭想開了，怎麼活能讓自己快樂，想不開，有再多的快樂，也不會覺得自己幸福。一天把自己想成是悲劇裏的主角，總是覺得自己是世界上最悲傷最不幸的人，還怎麼活？

馮有爲就是這樣的人。李傑安慰他，反而更讓他生氣，惱怒讓他有些失控，在離開會場的時候還撞到了人，險些摔倒。

馮有爲撞到的不是別人，正是跟著石清的小白臉，他的手裏一直很有風度地拿著半杯紅酒，紅酒不是用來喝的，而是用來襯托他的紳士風度。但被人一撞這杯酒卻成了災難，全部灑在了衣服上。雖然這樣，他竟然還在展示自認爲迷人的微笑，沒有怪馮有爲，反而是石清在說些什麼，應該是爲馮有爲道歉。

李傑沒有心思欣賞小白臉的風度，他腦袋中突然靈光一閃，想到了一個主意。

極盡奢華的酒店，就連洗手間都富麗堂皇。李傑先小白臉一步跑到洗手間的門口，本想將男女廁所的牌子互換一下，可是他發現摘不下來，不過沒有關係，李傑還是有辦法，他抽出一些衛生紙將牌子蓋住，又將衛生紙藏了起來。

做完這些，李傑還不放心。這個傢伙也只有一半的機率走進女廁所，如果夠聰明的話，他肯定會在廁所門口等人出來後再進入，或者將牌子上的覆蓋物弄下來。

李傑是先到洗手間的，算算時間，那個小白臉快到了。李傑一咬牙一狠心，走進了女廁所。

李傑剛剛走進去就後悔了，裏面竟然有人……

李傑鬱悶了，明明剛才在進去的時候敲門了，在門口還喊了兩聲，但是卻沒有聽到裏面有任何反應。

小白臉快要來了，時間緊迫，李傑不敢大聲，怕被小白臉聽到，於是閃身進入洗手間，洗手間有封閉的單間，可是當他進去的時候，卻發現裏面竟然有一個二十多歲的女孩，一身酒店職業裝，顯然是酒店的工作人員。李傑的第一反應就是堵住她的櫻桃小口，不讓她尖叫。

「你聽我說，我不是壞人，有人在追我，我就躲一分鐘，然後就出去！」李傑貼近她的耳邊小聲說道。

女孩紅著臉點了點頭，李傑剛剛說話的時候貼近她的耳朵，她甚至都能感覺到他的氣息，癢癢的，怪怪的。

李傑放開女孩，仔細聽著外面的聲音，看不到外面，只能用聽覺來判斷小白臉是不是來了。

「是什麼人追你呢？要不要報警？」女孩輕輕問道。

「不用，他是一個同性戀，喜歡上了我，可我是一個正常人，怎麼能跟一個男人發生那種事？」李傑撒謊道。

女孩驚訝得差點叫出來，多虧李傑手快，再次將她的嘴巴堵住。

「放心，他通常只對男人感興趣，如果你一會兒看到變態狂一定要先尖叫，然後使勁打，最後要逃跑！」

女孩眼神裏流露出驚恐，使勁地點頭表示明白。

李傑對她的反應很滿意，放開女孩後，大搖大擺地推開門走出去。女孩則呆呆地站在那裏，不知所措。

李傑稱之爲小白臉的男人，名字叫做王睿，是學校第二附屬醫院的醫生，在普通人眼裏可以稱爲年輕有爲。

王睿的西服被紅酒浸濕了，心中也不免有些惱怒，不過在自己心儀的女孩面前，他要保持紳士風度。

這身西服花了王睿好幾個月的工資啊！他雖然是主治醫師，但賺錢並不是很多，而且因爲上學七年家裏負擔很重，需要他的工資來補貼。

王睿跑到洗手間準備清理一下西服，一抬頭發現廁所的標牌竟然被蓋住了，正在猶豫不決的時候，從左側的洗手間裏跑出來一個男人。他這下確定了，左側是男廁所！

可是剛進去，他就看到了一個很漂亮的女孩子。女孩一聲尖叫，隨手操起掃把對著王睿就打。王睿根本不知道這是怎麼回事，只是抱頭鼠竄，在門口又撞到了一個大媽，他想辯解，卻變成了被兩個人追打。

如果李傑知道的話，肯定會誇獎那個女孩子聽話！

李傑帶著勝利者的笑容跑回慶功會場，他雖然沒有看到那個小白臉的尷尬窘境，但卻能想像到他的狼狽。

李傑把小白臉整頓一番後心情大好，現在，討厭的傢伙沒有了，乘虛而入的敵人已經被消滅了，是發起總攻爭取勝利的時候了。

「小青石姐姐！怎麼一個人？」

「哼，應該是我問你才對，你那個小妹妹呢？」石清冷哼道。

李傑不但不生氣，反而有點高興。她是在吃醋吧！李傑心想，接著說道：「她就是我的小妹妹！上次我不是救了她麼，我們是兄妹，她母親不幸早逝，當時她要認我做大哥，你說我怎麼拒絕？上次你也是誤會了，給我機會解釋一下好麼？」

「真的麼？」石清疑問道。

李傑擺出一副真誠的表情說道：「你看我的眼睛，我沒有騙你！」

寧可相信有鬼，也不要相信李文育那張嘴，這是當年跟李文育認識的女人留下的名言，如果石清知道，肯定會爲相信李傑而後悔。

其實李傑也不是有意欺騙她，但是有些時候，善意的欺騙還是有好處的，李傑也沒有真想腳踏兩條船，對於張璇這個小丫頭，最好的辦法就是讓她死心。

這不過是一個純情的小女孩，並不懂真正愛情，雖然自己這麼做，也許會傷害她，但這也是一個女孩子成長的一部分。

石清看著李傑清澈真誠的眼睛，氣已經消得差不多了，再加上李傑純真的表演，心裏已經原諒他了。

「相信了吧！我的眼睛是不會騙人的！對了，剛剛我看到有一個男人在跟你聊天，他是誰啊？」李傑問道。

「哼！哼！就許你有妹妹，我就不能有哥哥麼？」

「是，是！不過我剛剛看到他被女人追打啊！」

李傑剛說完，王睿就拖著疲憊的身子走進來，他的紳士風度完全沒有了，身上都是灰土，髮型散亂，那身西服更是可憐，可能在逃跑的時候碰到什麼了，被刮了一道口子。

果然如李傑所說，他被人追打！

「啊！王睿，你怎麼變成這個樣子了？」石清本來還不信，看到王睿的樣子，驚訝地問道。

「我，我……」王睿不知道應該怎麼說，接著他看到李傑，感覺似乎在哪裏見到過。

李傑害怕他會認出自己，雖然從廁所裏出來的時候，他已經低著頭儘量加快腳步。

「是不是摔了一跤？這個酒店的樓梯設計得不是很好啊！」李傑這句話是一箭雙雕，一是讓王睿分神減少認出自己的機會，二是暗地裏告訴石清，他是被追打才滾下樓梯的。

「是，我剛剛踏空了，結果滾下去了！」王睿尷尬地笑道，便不再想到底在哪裏見到過李傑了。

石清果然冰雪聰明，已經按著李傑的思路走了。被追打，慌張地逃跑，滾下樓梯……

李傑看到石清的臉色漸變，心中暗笑，同時也有點兒同情王睿，真是太可憐了，不過也不能怪我，石清不適合你，因爲我喜歡她。

李傑心裏正高興的時候，剛才在女廁裏見到的那個女孩走過來，李傑的注意力都集中在門外，沒有仔細觀察過她，此番一看，這個一身職業套裝的女孩，竟然另有一番味道，一副職場女性特有的矜持表情，與李傑第一次見到的驚訝慌張相差甚遠，高高盤起的頭髮以及面部的淡妝，配合她精緻的五官展現出驚人的魅力。當然這還不夠，對於李傑這樣的色狼來說，她最漂亮的、最吸引男人的地方應該是那雙修長圓潤的腿，配著腳下的高跟鞋與絲襪，讓人怦然心動。

李傑覺得口水在飛，當然，這不過是正常的反應而已，或者是因爲他以前日本電影看多了，當這樣的打扮出現在現實中，總是會聯想到一些齷齪的場景。

王睿卻沒有那麼好的心情，當他看到這個女孩過來的時候魂都嚇飛了，不知道應該怎麼辦，如果讓喜歡的人知道自己進了女廁，被女人追打，恐怕以後沒有臉再混了。

李傑咽了咽口水，他發覺有點冷，那是石清的目光。石清已經把握住了李傑看到美女就會變成一副色瞇瞇的樣子，就跟當初看到自己一樣。雖然知道李傑就是這樣，她也相信李傑喜歡的是自己，可就是不願意李傑這樣看別的女人，這恐怕是小女人的嫉妒心吧！

李傑知道自己必須去拯救王睿，如果讓那個女孩發現王睿在這裏，也許自己的詭計會被拆穿，那麼倒楣的就是自己了！

「我有個朋友過來了，我去看一下就來！」李傑對石清說道，接著又給了王睿一個眼神，意思是說，這可是給你機會，要好好地把握。

王睿見此，感激得差點流出淚水。

李傑繞過人群向那個職業裝女孩走去，石清有些納悶，李傑怎麼在什麼地方都有朋友？而且都是年輕漂亮的女人？

「你好，還記得我麼？」李傑上前搭訕道。

「哦，你是……」女孩思考了一下，恍然大悟。

李傑將食指放在嘴唇上示意她安靜，女孩這才意識到剛剛的那件事情應該是兩個人的秘密，不能輕易說出來。

「我叫李傑，是第一附屬醫院的見習醫生！」李傑伸出右手說道。

女孩也很大方地與李傑握手：「我叫凌雪瑩，酒店大廳經理！」

她的手柔若無骨，細膩滑潤，一點都不像一個酒店大廳經理。酒店經理很辛苦，事情多，經常加班導致作息時間混亂，睡眠不足，皮膚粗糙乾裂是常有的事情。

「多謝你了，真不知道怎麼感激你才好！」

「哪兒的話，剛才你走了以後，他竟然跑了進來，還好我先呼救，然後動手……」她越說聲音越小。

「他怎麼這麼囂張？你沒有事吧！」

「沒有！他好像躲到這裏來了！」凌雪瑩說著，向四周望去。王睿此刻已經嚇得躲了起來。

「不用找了，他其實也是個可憐的人！」李傑歎氣道。

「我不明白你的意思！」凌雪瑩滿臉疑問。

「你知道麼？雖然人們都說他變態，其實這不是他的錯，這是生理上的問題，不過是性取向不同而已，對於他們來說，他對男人的感覺就是正常男人對女人的感覺！」

「那他也不能硬闖女廁所！」

「他可能是那種比較嚴重的，已經把自己當成女人了吧！」李傑說道。

凌雪瑩覺得渾身都是雞皮疙瘩。

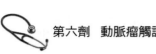

「你不用害怕，他已經回去了。」

王睿看到李傑幫自己擋駕，從心底裏感激，李傑還給了他與心愛的女人單獨相處的機會。他卻不知道，已經不知不覺中了李傑的圈套。他將李傑當成了好人，沒有絲毫的防範之心，李傑要的正是這種效果，連敵人都感激他了，這仗還用打麼？這也應該是以德服人吧！

石清越來越覺得事情蹊蹺，但是怎麼也想不清楚其中的緣由。看李傑竟然跟那個女孩子聊得十分高興，雖然不知道他們是什麼時候認識的，但是想到李傑勾引醫院小護士的手段，她突然懷疑起來。李傑對自己說的那些話都是真的嗎？他真的喜歡自己嗎？莫非自己在他的心目中也不過是一道風景？她突然迷茫起來，在相信與不相信之間搖擺。

李傑與凌雪瑩聊了一會兒，終於打消了她的疑慮，同時又要到了她電話號碼，約定好日後一起出去玩。送她出去以後，李傑才想起來自己的毛病又犯了，明明喜歡上了石清，竟然還改不掉老毛病。他苦笑了一下，便把記著電話號碼的紙條揉爛後扔掉了。

「李傑啊！過來，過來！」李傑剛要回去與石清說幾句話，卻被一個人叫住了，竟然是張凱。

「張叔叔，您好！」李傑親切問候道。他聽說張凱似乎要升官了，生怕叫錯了，所以叫「叔叔」，兩個人算是很熟悉了，這樣叫也並不過分。

「這位就是我曾經提起過的李傑！」張凱對這個稱呼很高興，他熱情地向幾位朋友介紹。

張凱的朋友都非泛泛之輩，李傑看著眼前的這幾個人一個個精明強幹，眼睛裏不時地閃爍出一絲智慧的光芒。

張凱介紹李傑，不過是爲了說明自己改革的成果。李傑是他改革的先鋒小卒，李傑的成功就是他的成功，這次李傑在手術台上的表現，這些人也有所耳聞，這對於張凱的改革是十分有幫助的。

如果李傑還是一個初出茅廬的小子，他肯定會因爲眼前的情況驚慌失措，因爲眼前的人都不是普通人物，不是政界要員，就是商界大亨。

「這位是我們的父母官副市長陸海！」張凱介紹道。

李傑沒有驚慌失措，而是很自然地與陸海握手，他的冷靜讓眾人刮目相看。

接著張凱又介紹其餘幾位朋友，比如藥物管理局徐萬福主任、北方藥業集團董事長趙超、濟天醫院院長周鴻達院長等等。張凱在介紹完卻發現自己竟然沒有事了，李傑竟然侃侃而談，很快融入。

張凱無奈地笑了笑，他一直以爲李傑只是學習很好，沒有想到竟然還有交際方面的能力。女兒張璇還挺喜歡他的，真是苦惱，他應該是一個好醫生，可是自己也希望他作女婿。

在張凱頑固的腦袋裏，所有人都應該與他一樣，對工作一絲不苟，自覺加班，爲了工作放棄家庭，他覺得所有人都應該像領袖說的那樣，要爲國家的建設貢獻自己的全部力量。

李傑不知道張凱的煩惱，此刻他已經把握了這幾個人的基本狀況，同時也將自己的秘方貢獻了一些。比如他送給了北方藥業董事長趙超一個養腎臟壯陽的秘方，告訴副市長陸海一套解決疲勞的按摩方法，雖然在場的多是醫生，但是他們對於李傑的方法卻是聞所未聞。

這是李傑交朋友的手段之一：投其所好！

李傑的這些方法也都是當年做李文育的時候從古籍中翻出來的，這些古籍都在國外被私人收藏著，知道的人並不多。李傑現在有些後悔當時只挑了一些自己能用的記住了，還有很多有意義的東西都不知道。

如果這一世有機會，一定將流落海外的孤本都找回來！

如果沒有經過李文育那幾十年生活，也許李傑現在會因爲反感交際而藉故跑開。但是，現在的李傑很清楚，這樣的場合是多麼難得。這些高官巨富是很難攀上關係的，也許有人會鄙視他的做法，但是李傑並不在乎，交際是一種能力，一個人的事業發展不可缺少的能力，特別是在中國。也許這些都是靠不住的利益朋友，但正是這種利益朋友組成的錯綜複雜的關係網構成了社會。

交際看起來容易，做起來難，如果做得好，其中好處很多，比如作爲一個領導可以記住所有員工的名字，會讓員工感到很溫暖，感覺領導在關注他，從而對公司死心塌地。如果一頓飯下來，竟然不知道桌上都有誰，那可以形容爲「沒心沒肺多個胃」！

李傑吃過虧，知道自己不是超級英雄，破不了社會這張網，於是就加入其中，成爲網的一部分。

李傑今天收獲頗豐，第一是情敵被他狠狠地修理了一通，竟然還感激自己。還有就是認識了不少醫療圈子裏的成功人士，當然僅僅是認識，這相當於你有了一幅地圖，有了它，迷路的時候知道應該去怎麼解決。最後的收獲就是打發了狼狽不堪的小白臉王睿，在告別了各位新認識的朋友後，他得到了送石清回家的光榮任務。

「哼！你還記得我啊！說跟朋友說兩句話，結果說了兩個小時！」

「才兩個小時，又不是兩年，不用這麼想我吧！」李傑嬉皮笑臉道。

「真是臉皮厚，我是有一些事情想問你，才等你的，要不然我才不理你！」石清沒好氣道。

「本人李傑，今年十九歲，未婚，身高……」

「你真沒正經，我可沒有問你這個！你對我說的話都是真的麼？」石清幽幽道，她想問李傑對自己是不是真心。

「是真的，我向月亮保證！我說的每一句話都是真切的！」其實今天沒有月亮，是個陰天。因爲李傑經常亂說話，總是這麼發誓，不過他對石清卻是真心的。

石清對李傑的保證很滿意，想想是自己多慮了。

「我想知道今天馮有爲怎麼了？還有王睿，他爲什麼出去一趟就那麼狼狽？你還說他被追打？」

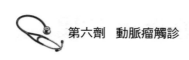

「要說這些啊？啊，陳建設！」李傑正不知道如何解釋，陳建設竟然前來救駕，他來得及時，李傑也不恨這個燈泡了。

「時間真快啊！實驗竟然結束了！但我們還是朋友，對麼？」陳建設說。

李傑與石清對望了一眼，兩個人都有一種感覺，眼前的陳建設變化太大了，從前的奴顏婢膝不見了，現在的陳建設是一個充滿自信的人！

「不要奇怪，你們以前覺得我是一個善於拍馬屁的投機之徒吧？我知道所有人都很瞧不起我！」陳建設說出的一番話，讓李傑和石清有想點頭的衝動，但是爲了他的面子，兩個人都忍住了。

「沒有這個意思。」李傑說的是實話，雖然陳建設有時候很討厭，但他沒有瞧不起對方，每個人都有自己的活法。

「其實我也不想這樣。」陳建設歎了一口氣。

李傑有些不明白。

「我這樣沒有錢沒有勢力，而且沒有天賦的人，憑什麼跟你們站在一起？」陳建設苦笑道。

「建設，你不能這麼想，你可是憑實力進來的！」石清勸慰道。其實她與陳建設也有同感，在實驗室裏總是感覺壓力很大，很想做出一些成績，這樣的壓力容易讓人屈服。

「你們不會明白，不知道我有多努力，我每天在回家以後，都會強迫自己繼續研究，也只有這樣我才能跟得上大家！以前李傑沒有來的時候，馮有為就是我追趕的目標，他的確很厲害！可是我最少還能夠觸及到他的高度！」陳建設頓了頓，繼續說道，「你還記得那天陸教授佈置的那個敏感性試驗麼？」

李傑點了點頭，石清顯然也想起了這個實驗。那次實驗，李傑是第一個完成的，大約用了兩個小時左右，然後就去石清的實驗台搗亂去了。

「那個實驗是一個超級難的實驗！馮有為第二天才做出來，我回去通宵一夜，也是第二天才做出來！這樣也就算了！可是你知道麼？你的資料根本不全，那是我跟朱衛紅搗的鬼，你的實驗缺少六個關鍵步驟，沒有這些步驟你根本不可能完成實驗的內容！」

李傑呆住了。當時他沒有看資料，還是李文育的時候，他就做過一個類似的實驗，所以根本就不用看實驗資料，很容易地做出來了。

「朱衛紅到現在都沒有弄明白實驗的機理，還在說你是作弊！其實我知道你並沒有作弊，你完全是自己推斷出來的實驗步驟！」

李傑不知道該怎麼說，他不知道上一輩子學過的東西這輩子用算不算作弊？

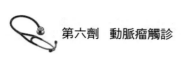

「我跟馮有爲的差距還能摸得到，是一個晚上的距離，可是你竟然拿著一個殘缺不全的資料第一個出結果！」

李傑想起來了，那天陳建設臉很難看，似乎憤怒中帶著絕望。

「朱衛紅的老爹是政府高官，馮有爲擁有高超的頭腦，你有著驚人的天賦，可是我有什麼！」陳建設苦悶道。

「別這樣，建設，我們實驗室已經結束了，這個研究中，我覺得你不比任何人差！」李傑安慰道。

「我知道，我已經想開了，實驗結束了，我要離開你們了！總是跟一些天才在一起，我都沒有了信心，我會去尋找我自己的生活方式！」陳建設說完，臉上是自嘲的笑。

「可是我們實驗室還沒有解散的命令啊！」石清說道。

「我從朱衛紅那裏聽到消息，陸教授打算解散實驗室，聽說他要出國，就在最近。」

「這個我也聽說了，陸教授不是自己去，他也許會帶幾個人去！」石清看著李傑說道。

李傑之前從石清那裏也聽到過類似的消息，不過他沒有放在心上，再次聽到卻不能不注意了，他覺得石清的表情有點奇怪，難道她要出國？

李傑知道，這個年代對於出國是多麼狂熱。他有一絲擔憂，這麼多年他第一次動了真感情，難道這段感情會因爲石清的出國而夭折？

「陸教授有他的打算，我也有我的打算，我已經聯繫到了一個藥廠，並不是很大，但是距離我家不遠，我可以多照顧一下家裏！」

「建設兄，那恭喜你了！」

「應該恭喜的是李傑你！事業上成功，又俘獲了石清的芳心。」

陳建設說了這麼多，只有這幾句是李傑最喜歡的！

李傑拉著石清的手慢慢走著，幾次想開口問她是否要出國，但都沒有說出口。

石清也是一樣，也想問李傑到底是如何對待她的，同時她也想知道李傑是不是也抵擋不了出國的誘惑。

兩個人都誤會了對方，以爲對方想要出國，其實他們都不想出國，但是誰都沒有開口，就這麼在燈光下漫步，似乎在享受最後的美好時光。

「我想去醫院看我媽！」李傑說道，每天晚上去看母親是他的必修課。

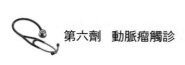

「好！我也去看看伯母！」

「現在正是時候，我媽現在應該睡著了，醜媳婦不用擔心了！」

「你才醜！不對，我才不是你媳婦！」石清又被李傑占了口角上的便宜，有些惱怒，粉拳襲來，李傑也不躲，隨便她打。

醫院已經下班了，病房裏靜靜的，偶爾能聽到零散的腳步聲，平添了幾分黑夜的恐懼，李傑本來想講個鬼故事嚇唬石清，但覺得過於殘忍，他決定下次找個適合的時候，帶著她到醫院的花園裏講鬼故事。

鬼故事、笑話、厚臉皮是他對付女生的三大法寶。

輕輕推開門，看著母親安詳地熟睡著，聽著她平穩的呼吸，李傑總算能夠安心了。他每天晚上不來看看母親，就無法安心睡覺。

「伯母什麼時候手術？」石清問道。

「最近，身體能夠承受手術就做！」

「升主動脈根部瘤，是腫瘤麼?但願伯母能早日康復！」

「我做這個手術沒有問題，何況還有王永主任幫忙，我的論文就是關於這個Bentall手術！」

「伯母如果知道你這麼孝順，肯定會很高興！」石清贊道。Bentall手術她不是很清楚，但是知道與李傑母親的升主動脈根部瘤病的腫瘤有關係。

「如果我母親知道兒子娶了一個這麼漂亮的媳婦，才會高興！」

李傑說完，就集中了十二分的精力防止石清的粉拳，但是他發現這次她竟然沒有反應。難道她欣然地接受了麼？

「小青石？」李傑想湊過去知道個究竟，不料石清掐住他的胳膊使勁地擰著。李傑想慘叫，卻又怕吵醒了病人，只能忍耐。

手術室中充滿了緊張的氣氛，這次手術跟以往不一樣，以前王永主任才是主刀，而李傑則是助手。這次剛剛相反，這是他們私下裏達成的秘密，李傑救母心切，才有此瞞天過海，匪夷所思之舉。

李傑一改往日玩世不恭的表情，變得嚴肅認真，甚至有些冷漠，也正是李傑的嚴肅，讓一向喜歡跟他開玩笑的護士們都閉上了嘴巴。

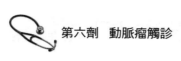

她們知道，手術台上的是李傑的母親，醫生不醫自己的道理他們也懂。這些人私底下都討論過，像李傑這樣的孝順兒子，如果母親手術失敗死在他的手術台上，不知道會發生多麼恐怖的事情。

手術室外，關心李傑的人都在等待著，石清、張璇、李傑的師兄以及醫院的醫生，甚至包括院長。

「全身低溫靜脈複合全身麻醉！」

「體溫降到三十度。」

綠色手術衣下的李傑暫時忘記了兒子的身分，變得心如止水，現在母親對他來說就是一個普通的患者。

手術刀在前胸中線優雅地劃開一道切口，接著用肋骨鉗縱向剪開肋骨，推開胸膜，手術刀再次縱向破開心包。在手術刀妖異的刀鋒下，動脈與心臟完全暴露出來。

作爲助手的王永看得心驚膽戰，李傑手術的動作快得嚇人，絲毫不猶豫。

那手術刀彷彿是一把妖刀，一把斬殺過千萬人的妖刀。因爲它太冷了，冷得讓人害怕，沒有絲毫感情。李傑也是一樣，就像一座冰山，冰冷而且一成不變。

不知道是這把刀影響了李傑，還是李傑讓這把刀變得妖異。的確是一把寒冷的手術刀，血液彷彿也被凍結，幾刀下去，血流得並不多，作爲助手的王永倒是省了很多事情。

李傑的表現雖然有點怪異，但是王永也放心了，李傑已經進入手術狀態，現在沒有什麼感情的波動，這是一件好事情。

這手術刀還真怪異，不過是自己感覺它冷而已，又不是真的寒冷。爲什麼出血那麼少呢？難道李傑連最小的毛細血管也能規避？王永覺得有些不可置信。

王永經右心房內插入單根引血導管，然後由經股總動脈插入給血導管，經房間溝左心房切口放入減壓引流導管，這是在做體外循環。

「體外循環建立完畢！體溫降至二十五度。」王永說道。

「阻斷升主動脈完成！心臟停止跳動，冷心停搏液灌注完畢，心表降溫完畢。」

「身體狀況良好，可以進行Bentall手術。」作爲第一助手的王永在李傑旁邊說道。

李傑沒有說話，冷靜得像個冰人，聽完所有彙報以後，手術就開始進行了。

在切開心包以後，李傑就發現了腫瘤與醫學影像學檢查的有些不同，這是很正常的，即使在科技要發達很多的二十年以後，也很難完整完全地掌握患者體內的狀況。

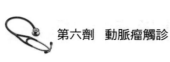

李傑並沒有立刻開刀，而是用手輕輕地撫摸母親的升主動脈，這是動脈瘤觸診，用手來感覺腫瘤的大小，以及具體範圍與位置。因爲腫瘤生長在血管下面，肉眼不容分辨。這個時候手指的感覺更可靠些，這個技術看似容易，其實很難做到，健康的血管與病變的血管壁差別並不大，很多醫生摸了一輩子也沒有學會。

王永覺得有點不可思議，他不知道李傑是憑什麼能判斷心臟的腫瘤，心臟腫瘤的觸診是書上學不到的，即使很多年的臨床手術經驗也不一定能掌握這個技術，因爲這除了手術的機遇，還需要很高的天賦。

在他還沒有想清楚的時候，李傑已經確定了腫瘤的位置，同時做好了開刀的準備。寒冷得讓人窒息的手術刀在主動脈上留下一道缺口，因爲事先做了體外循環，動脈中的血液已經阻斷，只有少量的殘留血流出來。

王永看著李傑的手術刀留下的缺口，心中有些不解，這個缺口的水準太爛了，完全不合標準，即使受感情的影響也不會犯下這麼小的錯誤吧！難道李傑是想切除動脈瘤的同時置換動脈瓣？這個手術可不是當年自己給張璇做的手術，張璇的症狀要輕得多，手術也容易得多！李傑難道瘋狂了麼？手術前那麼小心翼翼，爲什麼手術中變得這麼大膽？

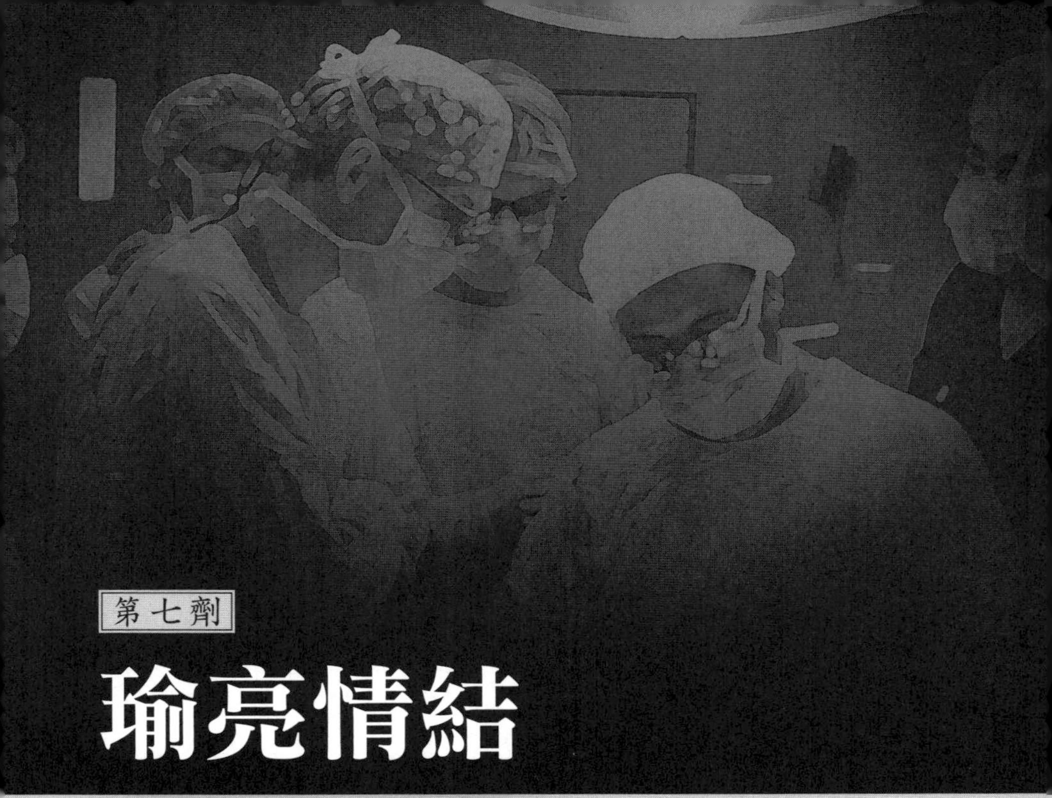

第七劑

# 瑜亮情結

李傑正思考的時候，看見人們都在向著一個方向聚集，

前方好像發生了什麼事。

「石清，去看看！」李傑忽然拉起石清就跑。

石清還沒反應過來，被拉了一個趔趄。

「怎麼了？」李傑拉著一個圍觀的人問道。

「好像有人跳樓了！」周圍的人七嘴八舌地說著。

跳樓？李傑和石清面面相覷，撥開擁擠的人群，擠了進去。

「讓讓，麻煩讓讓，我是醫生。」李傑一邊擠，一邊說著。

人群自動讓出了一條道，

只見樓前的草坪上躺著一個渾身是血的人。

「馮有為！」透過血跡看清楚傷者的臉以後，

李傑和石清不約而同叫了起來。

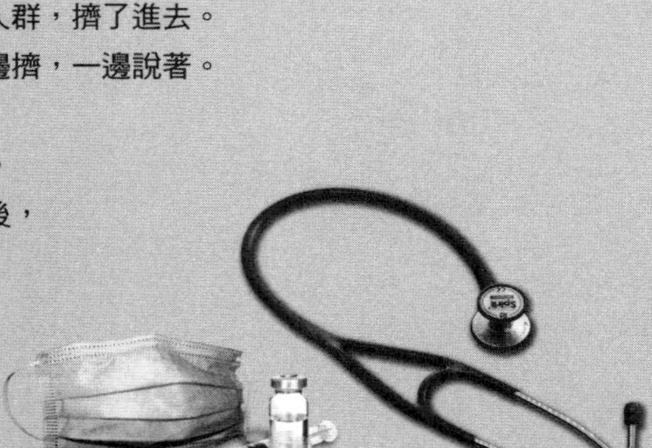

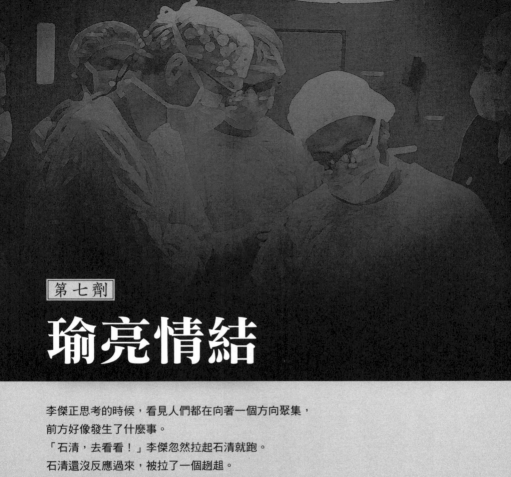

不瞭解的還有護士，主刀醫生還沒有怎麼樣，作爲助手的王永竟然累得滿頭大汗，好像跑了幾千米。

李傑在主動脈瓣三個交界處各縫一個牽引線，將主動脈瓣牽引開來，猶如一朵妖媚的花浴血而出，三個瓣葉好似花蕊，燈光下開放得豔麗異常。牽引使視野變得清晰，手術刀下三瓣花迅速凋零，主動脈瓣的三個瓣葉被切除，但是仔細觀察每個瓣葉邊緣都預留了大約二毫米的距離，如果用工具測量會發現，三個瓣葉的距離幾乎相等。

王永被手術刀晃得頭暈目眩，李傑這個小子的技術超出了他想像，對待手術台上的老媽簡直毫不留情，下手精準，刀刀俐落。

在淩厲刀鋒過後，李傑的手術刀又變得溫柔細膩起來，十分仔細地清除瓣環上的鈣化組織。

「左心室內灌入冰鹽水！」李傑在專心手術的同時也不忘記時間，這次手術時間很長，心表降溫要經常增加冰屑或冰鹽水，以保證心肌溫度維持在十五到二十度左右，保護心內膜下心肌。

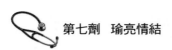

李傑的下一步行動又讓王永大吃一驚，難道因爲給母親做手術壓力太大，讓他瘋狂了？

李傑在清除了動脈瓣環上的鈣化組織以後，竟然不按常理來縫合動脈瓣，而是去切動脈瘤。

「李傑，應該先縫合，然後才能切腫瘤！」王永提醒道。

「我知道，但是現在不能這麼做，相信我的判斷！」李傑回答道。

王永還想說什麼，但是卻忍住了，因爲手術台上李傑是主刀，而他是助手。即使他的資歷高，也不能命令李傑，更何況手術台上的人是李傑的母親！

王永有些擔心，如果手術失敗了，李傑會怎麼樣？會不會自責一輩子？或許以李傑的個性，永遠都不會原諒自己，在心中留下巨大的陰影，從而離開手術台？

「王主任，現在取腿部大隱靜脈，準備做冠狀動脈的移植！」

「現在太早了，血管在外暴露時間太長！」王永說道。

「不，現在的時間正好，相信我！」

「李傑，你醒醒吧！這手術台上的人是你的母親。你這麼做，風險太大了！我知道你想切除動脈瘤，置換主動脈瓣，同時移植左右動脈，三者同時進行，但是這個難度太大了，你根本不能完成，手術時間有很多，先縫主動脈瓣置換！」王永怒道。

「取大隱靜脈！」李傑面無表情地說道。

王永看著面無表情的李傑，突然有種可惜的感覺。他有點恨自己，如果當初自己堅持做這次主刀，李傑就不會這樣。他堅信李傑這個手術基本上失敗了。李傑的天分很好，也很努力，如果能堅持下去，一定會在醫療界大放異彩。他一直相信，李傑如果在他的培養下，定可讓第一附屬醫院的心胸外科在國內排名第一，甚至在世界上也可以排名第一！可是這次手術，李傑太瘋狂了，接下來的成敗只能靠上天來保佑了！

一向不信鬼神的王永祈禱上天能保佑手術成功，不過臨時抱佛腳貌似沒有用，如果認真做手術，也許幫助更大。

王永將患者下肢外展外旋，從腹股溝韌帶下大約二釐米距離的大腿內側，作一道長切口。他的目的就是尋找大隱靜脈。他不得不同意李傑的想法，既然已經無法改變，那就只能盡力幫助他，讓手術成功的機率增加一些。

王永用剪刀仔細剝離著，以避免損傷到血管外膜及淋巴管，甚至大隱靜脈的各分支，他都盡可能鉗夾後切斷。他一共取下長約四十釐米的血管，因爲是李傑需要在左右冠狀動脈做兩個搭橋。

將血管交給第二助手，用平頭針插入靜脈遠端，慢慢注入含肝素的生理鹽水，經過檢查無外膜糾纏而引起管腔狹窄，最後剝離靜脈兩端的外膜，以免吻合時被縫入管腔而引起血栓。以冷肝素血充盈大隱靜脈，置於生理鹽水中備用。

當王永取完了血管以後，卻發現時間剛剛好，李傑此刻也切完主動脈的腫瘤。王永剛想讚美一下李傑，卻又發現了問題。

李傑在切開動脈瘤後，竟然保留其後壁不予切斷，雖然後壁不切也不會有什麼危害，但是也沒有必要留下，切掉才是最穩妥的做法！

這個小子又在想做什麼？王永隱約感覺李傑留下腫瘤的後壁是有想法的，但是卻不知道他到底想做什麼。

這個時候，李傑又將注意力轉向了主動脈瓣，這讓王永差點吐血：李傑做手術也沒有個章法，一會兒切割主動脈瘤，一會兒又要做冠狀動脈的內引流，這會兒又要縫合主動脈瓣！

這就是李傑手術的特點，按照正常手術應該先置換動脈瓣，切割主動脈瘤，然後才是冠狀動脈的移植。可是李傑所有的程序都做了一半，打算最後一口氣全部解決。Bentall手術的難點在於，完成升主動脈瘤切除，主動脈瓣切除加置後，同時冠狀動脈旁路移植，而且主動脈內血液壓力很高，因此血管吻合口容易出血，對縫合的要求很高。

李傑的方法自然有他的好處，手術中主動脈基本都被毀得差不多了，將最後的工作一起做，在整體性的把握上比較好，手術後的症狀會很輕。

王永在李傑對面認真地看著，注意到李傑把瓣環和人工心瓣的縫合圈的針距分佈得非常均勻而且相稱，教科書規定，人工心瓣間斷褥式縫合針距一般爲二毫米。他發現李傑的縫合針距可以達到一點五毫米，比規定的要少了零點五毫米，這樣可以在有限的範圍內多縫幾針，同時更加密集，可以使人工心瓣的縫合更加牢靠，並防止出血。

如果李傑的縫針技術讓他吃驚的話，那麼他下一步的行動則是王永怎麼都想不到的。李傑竟然將剛剛王永在腿部切下來的大隱靜脈移植到動脈瘤腔內作吻合術，利用保留的腫瘤後壁完美地包裹移植來的血管，血管也很好地集合在其中。

這個方法是王永不曾想到過的，就是在李傑的論文上也不曾提到過的方法，王永覺得，如果做腎臟移植的張教授是在技術上讓人敬佩，那麼李傑就是在手術的方法上，總是會做出讓人意想不到的事情。

李傑的這個想法也是剛剛想到的，他不可能在沒有打開胸腔的時候觀察到腫瘤，因此無法知道胸腔內的具體情況。一直到他用手指探查了胸腔，才靈光一閃想到了這個方法。Bentall手術容易出現的意外之一就是血管的吻合部分容易出血，李傑用腫瘤壁包裹血管，可以多一層保護，再配合上完美的縫合，他有百分之九十九點九以上的把握不會出血。

這個世界上沒有絕對的事情，所以只有百分之九十九點九的把握！

用大隱靜脈做管狀動脈的搭橋已經縫合了一段，另一端則是用常規的方法，但是在縫合上是很有講究的。

李傑使用的是疊瓦狀的縫合，這也是李傑論文中所改良的縫合技術，王永是知道的。但是他在縫合之前，做了一個很隱晦的調整，卻又讓王永看不懂了。

李傑將移植的血管扭轉了一定的角度！

所有人都知道，血管如果扭轉的度數太大，血液就會因爲扭轉而堵塞，這條搭橋的血管就失去了作用。搭橋是爲了幫助主動脈減壓的，就像一條河流淤塞了，而且無法疏通，那麼只能開通一條支流來保證它的運行。

血管的扭轉，李傑事先做了精確的估計，因爲這條血管的扭轉是無法避免的，所以李傑在手術中提前將它扭轉，以後恢復的過程中所造成的扭轉正好將這次人工的扭轉更正。也就是說兩次扭轉相互抵消，那就完美了。

王永也想到了是這個原因，但是他卻永遠也想不到李傑是如何判斷的。他想不通的還有李傑的技術，經過這次手術，他越來越看不懂李傑了。

手術中，李傑大膽地採用了很多李文育那個世界的方法，疊瓦狀縫合，雙褥式縫合。兩種先進的縫合方法，加上李傑的高超技術，縫得緊密不漏血，同時也沒有因爲過緊而導致管腔狹窄。

吻合完畢後，王永馬上注射肝素液於移植的大隱靜脈段內。

李傑發現，由於長時間的手術，母親的心臟已經不堪重負了，其實常理的手術到此時可以結束了，但是這次手術卻還有最後一個關鍵的步驟：利用人工血管再次建立一個內引流通道。

李傑大膽地將八毫米的人工血管在右心房和其所有吻合口——如上下腔靜脈之間建立了一個內引流通道，所有的目的都是爲了減輕血管與心臟的負擔。

這樣麻煩的工作也只有李傑會做，因爲這是他的母親，李傑在對母親的手術上用盡自己所有的能量，能夠想到的他都做！當然這也只有李傑能做到，只有他能將手術做得這麼迅速。心臟缺血時間長心肌會壞死，手術時間就是生命！

王永此刻終於鬆了一口氣，手術終於平穩地完成了，李傑的操作沒有什麼錯誤，這是一個成功的手術！

當李傑把吻合口縫合妥當，情況平穩以後，他一邊讓護士緩慢地停止了體外循環機，仔細止血後打算關胸。

就在體外循環機停止了幾秒鐘以後，負責監視生命體徵儀的護士喊了起來。

「病人血壓下降。」王永緊張地看著李傑。

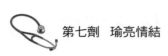

「脈搏下降。」護士喊道。

「呼吸下降。」王永焦急地看著李傑，不知道他打算採取什麼措施。

「李傑，怎麼辦？」王永焦急地問。

李傑已經說不出話來，看似冷靜的他其實心中也在害怕！

「血壓四十，二十。」王永已經打算讓石清注射升壓藥物。

「脈搏十五。」護士看著李傑，手裏拿著裝有升壓藥物的注射器。

王永已經有點急了，手術是成功的，但是李傑的母親難道就這麼去了？她的身體太虛弱了，手術時間也太長了。

她真的沒有挺住！

王永看了李傑一眼，他害怕李傑就此沉淪，這次手術不怪他，他已經努力了，已經盡了全力了。

李傑雖然有絕大的把握可以確定，這只是心臟長時間缺血造成的一種現象，但心裏卻依然十分擔心，他在害怕！害怕自己的估計錯誤！

王永打算安慰李傑的時候，他卻發現病人竟然漸漸地復甦了，血壓在平穩的上升中，脈搏也逐漸回復至每分鐘六十次。

就在所有人以爲萬事大吉的時候，李傑和王永依然沒有實行關胸。

王永也明白，現在還不是關胸的時候。和李傑一樣，他在觀察最後的生命體徵，要等待體徵平穩了以後結束。整個手術才可以說是順利的，王永自己也是心胸科的主刀，以前有幾台手術在停止循環機以後，就出現過高血壓危象，這次也不能掉以輕心。

李傑盯著逐漸恢復正常的各項體徵，懸著的心依然沒有放下來。他知道，只有各項指標穩定了以後，才可以進行關胸。

脈搏還在逐漸升高，血壓也一樣，李傑看著母親打開的胸腔，仔細地觀察每一處縫合和血管吻合口，沒有絲毫的滲血現象，左右冠狀動脈未出現扭曲，心臟室顫也沒有任何發生的跡象，血壓已經到了一百六十五到一百二，而且還在升高，李傑有點擔心了，在這麼高的血壓下，對於剛剛縫合好的主動脈會不會有什麼傷害，還一時難以瞭解。如果血壓還升高的話，那麼左右冠狀動脈和主動脈幹肯定會受損。

王永知道，如果心臟高壓得不到有效緩解的話，那麼剛才做的幾個手術切口，就很有可能出現斷裂和出血。出血還可以在短期內進行有效的處理，如果發生切口斷裂，後果是不堪設想的。王永此時並沒有看著李傑，他仔細地觀察著，發現有幾個小吻合口出現了輕微的滲血現象，不過不是很嚴重。

李傑緊緊地攥著拳頭，如果血壓還在持續升高的話，就要進行降壓藥的靜脈推注了。

血壓在升高到一百九到一百四十五的時候，終於不再升高了，並開始逐漸下降，而且恢復到了正常的水準。王永一直懸著的心這才稍稍地放下了一點，李傑也長長地舒了一口氣，看來是自己做的內引流管產生作用了。

心臟在長時間由體外循環代償後，會有一段時間的不適應期，在這個時期內，本來身體狀況就不太好的病患者，心臟會出現一段時間的停跳，在心臟逐漸適應了以後，又會很快地恢復。這是很少見的現象，知道的人不多，今天出現的狀況讓所有人如坐了一次過山車，很刺激卻沒有危險。

「縫合完畢，手術結束。」李傑做完最後一針皮膚縫合以後，緩緩地說出了這句話，在場的幾個人不約而同地抬頭看了一眼手術時間，六小時二十一分四十秒。

王永看著時間，發現李傑的手術真是恐怖，這個時間要大大短於計畫時間。

母親在手術後恢復得很好，這讓關心李傑的人都鬆了一口氣。這次能成功，除了李傑親自動手外，還有術後無微不至的照顧。

張璇在李傑母親的病房裏忙來忙去，彷彿整個醫院只有這一個病人需要照顧，而李傑只是兩隻手交叉靠著牆站著，表情有點無奈。

本來，李傑想親手照顧母親，可張璇以護士的名義拒絕了他。不只是張璇，石清也一直在照顧母親，不過她還有自己的工作，不能一直留在這裏。

張璇本來學的就是護理專業，做李傑母親的護理是相當合適的。李傑本應該樂得清閒，不過想起石清那喜歡吃醋的性格又有些害怕，所以趕緊走開，不敢再與張璇單獨相處。

不過想想，兩個女人在一起爭香鬥豔，也是一個不錯的景色！

李傑還不知道，因爲張璇的關係，醫院裏關於他的傳言已經發生了轉變，從李傑給母親做手術開始，大家都知道了他的家庭並非傳言中那麼厲害。但是這些人不願意相信李傑會無緣無故被領導們照顧，又開始研究他身邊的人，這時候張璇出現在大家的視野中，於是謠言現在變成了李傑是張璇的未婚夫，衛生廳副廳長張凱欽點的接班人。

所有的醫生都羨慕李傑，張璇那麼漂亮，她的父親又是那麼有勢力，李傑這是幾輩子修來的福分，懷抱美人，又白白得到了地位，簡直少奮鬥了一百年啊！

這些傳言傳到王永耳朵裏，他對此不屑一顧。在李傑母親的手術台上，他真正見識到了李傑的能力以及他可怕的自控力，還有他手裏的那把妖異的手術刀！

要說李傑的好運，那是他自己爭取來的。

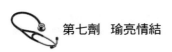

李傑離開母親的病房以後，碰到了石清。原來石清剛才接到了陸浩昌的電話，他說實驗室的成果——免疫抑制藥物已經成功出售，對方是一家大公司。

李傑坐在計程車裏看著燈火闌珊的街景，不禁回想起陸浩昌那次在高爾夫球場說的一番話，於是右手撐著下巴，陷入了深深的思索中。

陸浩昌出國恐怕已經定下來了，對於他這次參加什麼藥物出售的簽約儀式，李傑總是有種不好的感覺。

對於陸浩昌這樣的人來說，錢只不過就是些花花綠綠的紙張罷了，他追求的是未知的境界，一種有待發現的事物，想要站在世界科學頂端享受挑戰研究的過程。這次突然將藥物出售，恐怕會出現一些預料不到的事情。

陸浩昌舉行簽約儀式的地點與上次慶功宴是同一家酒店，他似乎很喜歡這裏。李傑卻是想起這家酒店的大廳經理凌雪瑩，那個性感的職場女性。

在這極盡奢華的酒店裏，李傑發現了不少洋鬼子，難道這是外國的旅遊團？李傑還沒有來得及多想，注意力就被吸引到別的地方了。

「李傑！」有一個聲音叫。

李傑一回頭，便看見了石清。剛才石清不跟自己一起走，一定要去換身衣服，李傑還笑話她，沒有想到她竟然如此驚豔。

李傑猛地咽了一下口水，只見石清穿了一身黑色的長裙，純黑的低調色，正好反襯出纖細的手臂和脖頸那柔若雪絮的耀眼膚色，宛如蔥根的修長手指輕盈地端著半杯香檳，烏黑的頭髮也高高地挽了起來，長裙下露出兩截晶瑩玉潤的腳踝，那小巧的黑色高跟鞋使她看起來更加高挑，小巧的鼻樑上不再是以往的那副大框眼鏡，換上了一副十分精緻的金絲眼鏡，一改往日實驗室眼鏡娘的角色，散發著一種濃濃的知性美女氣質。美得驚人，卻又美得自然，清雅又不失感性，猶如夜幕裏散發著幽香的黑色鬱金香。

李傑此刻覺得自己的眼光果然獨到，讓他心動的女人果然非同一般！

「李傑，怎麼了？」石清看到李傑近似於癡呆的表情，淺淺地一笑，瞬間大廳之中流光溢彩。

「被你迷倒了！」李傑笑道。

「今天是正式場合，你要這樣無賴，我可不理你了！」

李傑於是趕緊閉上嘴巴，打量了一下周圍，陸浩昌此時正和幾個外國人談笑風生。他們挑了一個不惹人注意的位置，看著眼前穿著光鮮的人群。

李傑又看到了實驗室的幾個人，朱衛紅跟著一個精明幹練的五十多歲男人，在大廳的一邊和幾個外國人說著什麼。

「那是朱衛紅和他的父親，他父親是藥監局的。」石清介紹道。

李傑又在大廳掃視了一下，發現陳建設沒有來，看來真的離開了這裏，他真是說到做到，倒也不失爲一個漢子。

而馮有爲看起來有點奇怪，他一個勁地跟著陸浩昌，顯得有點激動和謹慎，不過臉上還是那種無法掩飾的書卷氣。看著馮有爲的樣子，李傑不禁有點擔心，本來馮有爲是陸浩昌欽點的接班人，自從李傑進了試驗小組以後，馮有爲的地位便江河日下，每次與李傑的競爭都落在了下風，使得他在陸浩昌心目中的地位一日不如一日。

陸浩昌得意地微笑著，向身邊的幾個金髮碧眼的外國人介紹幾個弟子。

「這是我的得意門生，我曾經與你們提起過的李傑，還有最具發展前途的女博士生石清。」

李傑微笑著和眾人一一握手。

「李傑，這幾位都是美國柏瑞製藥的，你們也應該認識一下。」陸浩昌向李傑介紹道。

石清本來想擔當李傑的臨時翻譯，李傑雖然頭銜是博士，但英語不一定好。但是她發現李傑根本不需要翻譯，他用流利的英語和幾個外國人聊得沒有任何障礙。李傑心裏暗想：好歹自己是李文育的時候也在國外混過幾年，要不今天還要人翻譯，那不是糗大了。

柏瑞製藥是世界上實力最強的製藥公司之一，旗下有很多種藥物都佔據了市場一半以上的份額。

宴會進行了一半，音樂突然停止了，然後是陸浩昌教授激動且興奮的講話。

「今天是我們這個實驗室最輝煌的一天，我們的新藥已經獲得了美國柏瑞公司的青睞。在這裏，我首先要感謝柏瑞公司的來賓！」說完，陸浩昌向幾個外國人致意。

一片熱烈的掌聲過後，陸浩昌又對昔日在實驗室揮灑汗水的幾個人說道：「同時也是我們實驗室的最後一天，從明天開始，實驗室將解散，感謝你們對實驗的貢獻，同時我也會兌現我的承諾，給予你們應得的報酬。」

李傑回頭看了一下，發現幾個人臉上並沒有什麼特別的變化，看來他們早已知道實驗室要解散了。

陸浩昌又舉起酒杯向李傑走過去：「李傑，我們這個實驗室在這裏結束，有結束意味著又會有新的開始，我想讓你和我一起赴美國。」

陸浩昌說完，向李傑微笑著。

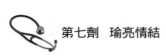

李傑雖然早猜到了，但此刻聽到這個消息依然感到震驚，同時震驚的還有馮有為。馮有為一直認為，陸浩昌應該帶的人是自己而不是李傑，雖然他隱隱約約感覺陸浩昌教授更看好李傑，卻並不願意接受這個事實。因為陸浩昌教授曾經對他說過，實驗成功了以後會帶他到美國。

「可是，陸教授……」

「李傑，我是真心希望你跟我一起去，在美國打拚出一番新的天地，簡直就是易如反掌！回去好好想想吧！」陸浩昌拍著李傑的肩膀說道，又轉頭對石清說：「石清，還有你，我也希望你考慮一下。你們不用立刻答覆我，一個禮拜後給我答案就行。」

陸浩昌邀請石清有很大一部分是看好李傑，他早察覺出了二人的曖昧關係。

李傑在陸浩昌心目中是一個天才，但更是一個年輕人，他怕李傑會因為石清留在國內而放棄大好前程。但是此刻他有絕對的信心，認為李傑一定會去美國。

「衛紅啊，你的實力也是很強的，本來我也想邀請你去的，但是我看朱局長不會放人！我相信，你就算待在國內，也一定會有所作為的！」陸浩昌又提著酒杯向朱衛紅和他的父親說道。

「蒙陸教授的錯愛，我家衛紅一定不負陸教授的厚望。」朱衛紅的父親連忙表示感謝。

「有爲，我相信你可以自己闖出一片天地，在我這裏，你真是屈才了。」陸浩昌看到馮有爲慘白的臉，勸慰道。

「謝謝陸教授。」馮有爲深深地鞠了一個躬，然後轉身離開了。

看著馮有爲落寞的身影，李傑不知道做什麼好，他呆呆地站在原地，他很想拒絕陸浩昌，但是當著這麼多人又說不出口。

還有一點李傑有些不能接受，陸浩昌竟然把大家辛苦研究出來的新藥賣給了美國人。李傑本來就恨外國的高價藥物，特別是母親的手術，讓他深深痛恨那些外國的製藥企業，他們壟斷了當今世界的高新技術，隨意提高藥品的價格，以低成本換取高額利潤。

陸浩昌不是缺錢，他將藥物賣給美國人，是因爲對方給他提供了一個美國頂尖大學的教授位置，國外的研究環境對他是一個比錢大得多的誘惑。

李傑覺得陸浩昌太欠考慮了，這個新藥的市場是很有發展的，在未來器官移植的市場很大，作爲器官移植必須用藥，免疫抑制藥物每年會有十幾億美元的市場，他竟然這麼輕易就賣了，雖然這是他私人的研究，但畢竟是中國人智慧的結晶。

美國人用極低的價格收購了這個藥物，也許用不了多久，他們只要在中國的市場上就可以賺取驚人的利潤。

藥物的授權簽約儀式很簡單，今天，陸浩昌表現出了少有的高興，他多年的夢想總算是實現了，他終於攀上了事業的頂峰。

李傑一直沉默不語，他覺得有些悲哀，美國人一個小小的把戲，就能讓陸浩昌這樣的人心甘情願跟他們走，真是悲哀！同時，這也是國家的悲哀，爲什麼不能創造一個好的環境留住人才呢？同時，他也想到了未來，隨著時間的推移，國內的醫療環境會越來越差勁，用不了幾年，醫生就會變成妖魔的代言詞。

想想還是李文育的時候，有多少人願意留在國內？這不僅僅是待遇的問題，更重要的是好醫生需要得到尊敬，少數醫德敗壞的醫生在無良的媒體下，成爲社會上的妖魔！

石清在聽到陸浩昌的話以後心亂如麻，不知道應該怎麼辦，雖然陸浩昌教授給了一個禮拜的時間來考慮，但是她卻總忍不住去想。

「李傑，我想出去透透氣，你陪我去好麼？」

聽到石清的邀請，李傑只是稍微點了一下頭，算是答應了。這讓石清更加擔憂，這要是在平時，李傑肯定高興得眉開眼笑。

李傑現在竟然沒有絲毫表情，他滿腦子都是陸浩昌剛才說的話。

酒店的配套設施很好，隨處可見各類運動場，以及精緻迷人的小花園。

「李傑，關於陸教授的建議，你怎麼想？」石清看著一臉陰霾的李傑，問道。

李傑沒有說話，只是一個勁低著頭往前走，石清也只得跟上去。

「李傑！這是一次機會，你不想出國麼？」石清走了一段路以後，發現李傑還是不說話，便將聲音提高了。

「要去你自己去，我不去！」李傑回過頭，看著停下來的石清，冷冰冰地甩了一句。

「你怎麼這樣？我又沒有說要去，我是怕你出國留下我一個人！你要不去，我還去什麼？」石清越說聲音越低，最後索性聽不到了。

李傑覺得自己不應該把氣撒在石清身上，看著她委屈的樣子，轉過頭好言安慰道：「對不起，剛剛我太凶了！我不喜歡國外，無論在國外可以過上多麼優越的生活，畢竟這裏才是我的家！」

「出國是很多人的夢想！陸浩昌教授也是這麼想的吧！」石清說道。

「是啊！陸浩昌竟然把我們辛辛苦苦研究出來的藥賣給了洋鬼子，真是讓我難以接受！」李傑不覺又加重了口氣，石清能看出來他的懊惱。

石清很不習慣高跟鞋，走了一會兒感覺有點累，於是找了個地方坐下，她很想脫掉高跟鞋，但是在李傑面前，這麼做會破壞自己淑女的形象，於是只能一邊偷偷揉著有點痠痛的腳踝，一邊說話。

「李傑，國內的研究環境太差，陸教授出國也不是爲了錢，他主要是嚮往環境。」石清替陸浩昌辯解道。

李傑也明白，國內的研究環境確實糟糕，投資環境也不是很好。教授一邊要帶領研究小組做開發研究，一邊還要來來回回跑經費。如果運氣好，可能能夠弄到一些經費，運氣不好的話，連研究經費都是問題。很多教授都是在辛苦努力了幾年之後，專利也批准了，然後得到一筆安慰獎就算結束，專利也束之高閣，無人問津。這年頭搞原子彈的不如賣茶葉蛋的，所以，很多有實力的人物早早就出國了。

「這是陸教授的私事，所以我們也沒有權利干預。其實，對於他出國我也贊同，因爲國內的環境並不適合他一心一意研究，可陸教授也不能把新藥賣給洋鬼子。」李傑順勢坐到了石清的旁邊。

「可……」石清看著李傑，不知道該如何開口。

「石清，你是知道的，目前國內的醫療費用高，主要高在醫療器械和藥物上，一卷可吸收縫合線就要三百多元，更別說其他的了。我們幾個做一台手術，七八個小時下來拿到的那麼點手術費，還不如患者買縫合線的錢多，而藥物費用可以說是……」李傑遲疑了一下，終於找到一個恰當的形容詞：「藥費是相當可怕，陸教授把新藥賣給洋鬼子，他們定的價格，你不是不知道，動不動就是幾十、幾百美元，國內的普通老百姓哪有錢買？我母親的這次手術就是一個很好的例子，你比我應該更清楚，你想想，在國內有多少人買得起外國藥品？如果陸教授把新藥賣給國內，那麼就可以國產，價格將大幅度下降，到時候，大多數患者都可以買得起藥，像小飛母親這樣的腎移植患者，可以節約多少錢？」

石清對李傑的看法也贊同，所以一直聽著，什麼也沒有說。她知道李傑說的都是現實，可現實往往是非常殘酷的。

「李傑……」石清想再次勸勸李傑。

「石清，聽我說完！」李傑打斷了石清的話，「對於陸浩昌的做法，我只能保留我的看法，至於他怎麼做，那是他自己的事，但是，陸浩昌也不能在未經我同意的前提下，就私自決定讓我去美國，我也有自己的想法和生活！這次我母親的病，他幫助我很多，我很感激，但是我不會跟他出國。」

「陸教授那麼做也是爲你好，他對人的評價很客觀，還有，很少看得起一個人。」石清努力替陸浩昌辯解著。

「我不管陸浩昌對誰好，也不管他怎樣看我，就是覺得他把新藥賣給洋鬼子就是不合適，也許是我偏激了！」

「李傑，畢竟我們都不是什麼聖人，有些事不是我們所能控制的，我們所能做的只有看著這一切發生。」石清緩緩說道。

「是啊！已經到了這一步，畢竟陸教授才是主導人物，不過以後我不會再讓這樣的事情發生了！」

李傑此刻又想起了惡鬼強說的話，的確，人得有實力才可以，要不，對於所有的事情根本沒有辦法改變。

李傑正思考的時候，看見人們都在向著一個方向聚集，前方好像發生了什麼事。

「石清，去看看！」李傑忽然拉起石清就跑。石清還沒反應過來，被拉了一個趔趄。

「怎麼了？」李傑拉著一個圍觀的人問道。

「好像有人跳樓了，真可憐，等員警來處理吧！」周圍的人七嘴八舌地說著。

跳樓?李傑和石清面面相覷，撥開擁擠的人群，擠了進去。

「讓讓，麻煩讓讓，我是醫生。」李傑一邊擠，一邊說著。人群自動讓出了一條道，只見樓前的草坪上躺著一個渾身是血的人，李傑和石清趕緊跑過去查看傷勢。

「馮有為！」透過血跡看清楚傷者的臉以後，李傑和石清不約而同叫了起來。

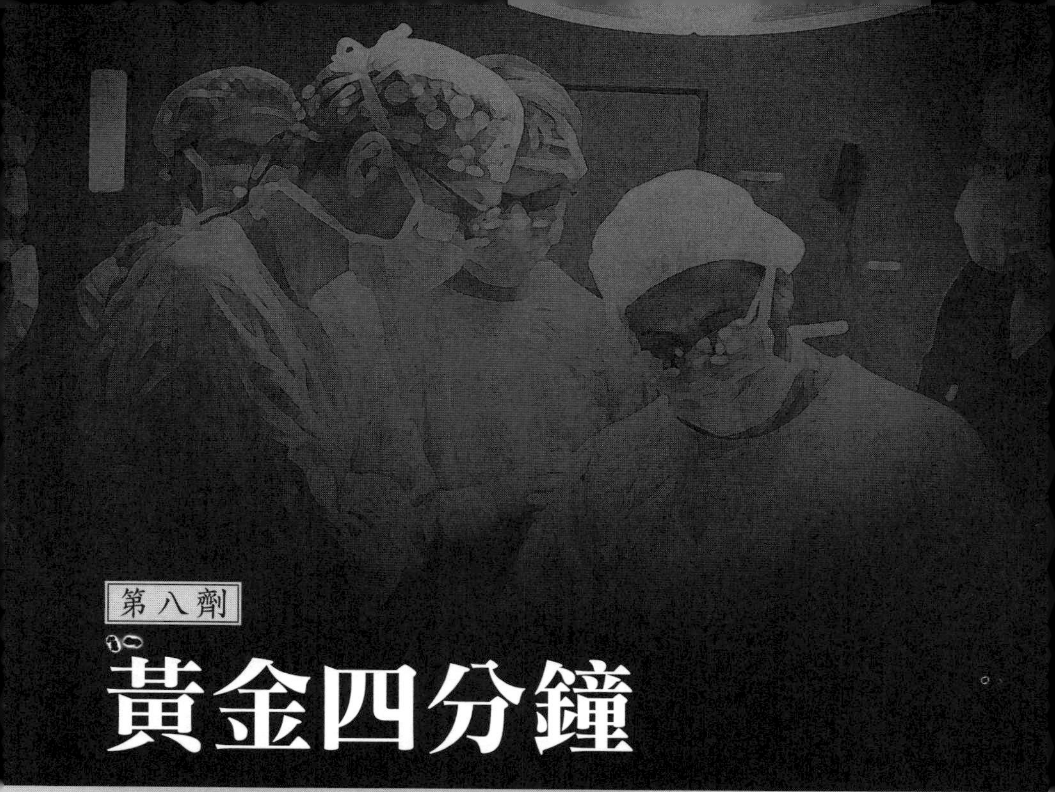

## 第八劑

# 黃金四分鐘

「變大了！」李傑心中暗道。

馮有為的病情變化與他料想的一樣，經脈搏診斷發現心跳變緩變弱，

經過叩診可以確定心肌破裂口，但是裂口還不是很大，

心臟噴射出的血液流入心包腔內，造成心包堵塞。

心包腔內血液過多，造成心臟外壓大於內壓，

心臟在強大的壓力下，跳動就會停止，現在已經到了緊要關頭。

心臟停搏五分鐘就會因為缺氧腦死亡，大約四分鐘就會有一半腦細胞死亡，

這四分鐘決定病人的生死，所以是黃金四分鐘！

李傑深吸了一口氣，

右手攥著石清的髮夾，然後猛地刺下去，

血液滋地一聲噴了出來，濺到李傑的臉上。

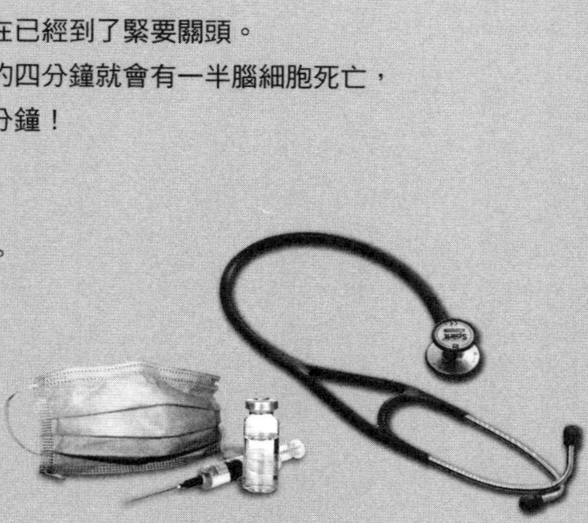

馮有爲不知道是從幾樓跳下來的，還好他運氣不錯，下面是一片草坪。李傑簡單地檢查了一下，發現他還有脈搏，不過已經十分微弱，瞳孔渙散，情況不妙。

馮有爲的身邊散落著一個潔廁靈瓶子，他滿臉是血，已經失去了意識。李傑根本沒有時間檢查馮有爲的傷勢，就抱起他跑出去。

他沒有死已經很幸運了，希望幸運女神能夠一直眷顧他！李傑祈禱著。

「我已經給醫院打電話了！你要把他帶到哪裏去？」一個圍觀的人見狀，忍不住喊了一句。

「你們都讓開，現在等不到救護車了，必須立刻送到醫院！我是醫生！」李傑吼叫道，眾人聽到才讓開了一條路。

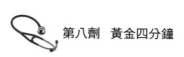

「有爲，別擔心，馬上把你送到醫院。」李傑抱著馮有爲飛速地奔跑著，也不管他是否能聽到，馮有爲的瞳孔已經在漸漸擴散，全身多處擦傷與骨折，血液浸透了衣裳，也沾滿了李傑的全身。

石清也不顧自己的淑女形象，甩掉了高跟鞋緊緊地跑在李傑身後，她的眼淚已經如泉水一般湧出來，馮有爲雖然爲人木訥一些，有些時候過於偏激，但畢竟是一起工作過的朋友。本質上還是一個很好的人，她還記得剛剛去實驗室，遇到困難的時候，馮有爲常常像哥哥一樣幫助她。

跑到了路邊，李傑揮手攔下一輛計程車：「司機，救人，去醫院。」

李傑剛想打開車門，卻聽到司機說：「不去，不去。」

司機看到李傑全身是血，懷裏還抱著一個不知死活的人，一踩油門跑掉了。

「司機！」李傑又攔下了一輛。

「不去！」

李傑全身是血地站在馬路中央，發瘋一般地攔著車。沒有人願意搭載這樣一個乘客，如果不是夜裏昏暗看不清他渾身是血，司機根本不會停車。

李傑此刻已經要急瘋了，時間就是生命，他連救護車都沒有等，因爲救護車一般需要十五分鐘才能趕到。如果再攔不到車，憑有爲可真是要完蛋了。正在李傑打算用身體去強行攔截的時候，終於出現了一個好心人。

「快上車，我送你去醫院！」一輛計程車司機看到血人一樣的李傑，不但沒有逃跑，還熱心地招呼他上車。

「謝謝你！請您開快點！」李傑瞪著發紅的眼睛看著司機說道。

「快上來啊！」司機也焦急地幫忙打開車門。

李傑將馮有爲抱上坐在了後排，石清則坐在前面的座位。

「兄弟，坐好了啊！」司機看著剛上車的三個人說。

李傑扶著已經失去意識的馮有爲，盼望司機能開快點。司機一腳將油門踩到底，車飛一般地躥了出去。

「有爲，你要堅持住啊！」李傑一邊摸著馮有爲的頸動脈，一邊喊道。石清看到李傑焦急的面容，猜到了馮有爲情況不是很好，於是又一次地催促道：「司機，麻煩開快點。」

司機也不答話，只是微微一笑，將油門踩到底，這個普通的計程車將路上的寶馬賓士統統超越。

李傑的注意力全部集中在馮有爲身上，並沒有注意到車速，石清坐在前排，已經被計程車司機變態的駕駛嚇得小臉慘白。

這司機也是個能人，有條件的時候超車，沒條件的時候創造條件超車。不管是什麼名貴跑車全部超越，在彎道的時候還來個漂移。但就是這樣變態的駕駛卻總是有驚無險，只有石清能體會到這樣的感受，好幾次都已經嚇得閉上了眼睛。

在連闖了兩個紅燈以後，車後響起了熟悉的警笛聲，交警追上來了。

「前面那輛計程車，立刻停車！你已經超速，而且連闖兩次紅燈，請你立即停車！」

司機聽見這句話以後，嘴裏嘟囔了一句：「停下？還不讓你逮著了！」

李傑向車後窗看了一眼，只見警車氣勢洶洶地趕了過來。

「司機，停一下吧，和他們講清楚就沒事了！」石清提醒了一句。

「不要停！等到了醫院再說，時間不夠了！」李傑說道，鬼知道這些員警會浪費多少時間。

他的意思正是司機的意思！司機繼續加速行駛，交警卻不管這麼多，也加速與計程車並排行駛。

「老沈，怎麼又是你啊，這次還多了兩次闖紅燈的記錄啊！給我停下！」員警騎著摩托與計程車並排行駛，透過車窗他發現司機竟然是認識的，於是大喊道。

「我這車上有急診病人呢！馬上要送醫院，一會兒我認罰還不行麼！」司機直接來了一句。

員警向後座一看，隱約看到了兩個全身是血的人，司機雖然總是犯錯，但是個好人，這也是交警不爲難他的原因，加上這次是救人，員警倒也沒有爲難，天大地大人命最大！

「跟著我，警車給你開道！」員警同志二話沒說，把警笛開到最大，然後用對講機向其他交警彙報了情況，並向上級做了開路請示。

「前幾次都用摩托車來抓，這次還真看得起我，警車都上場了！」司機自顧自地說著。

李傑抱著馮有爲，恨不得馬上飛到醫院。看了一下時間，又看了看馮有爲臉色已經泛青，這是缺氧的表現，他覺得時間不夠了，必須冒險一試了！

「石清，把你頭上的髮夾給我！」

「你要幹什麼？」石清解下髮夾遞給李傑。

李傑也不答話，將馮有爲平放到後面的座位上，然後扒開他的上衣，露出胸部，左手中指貼在他的胸口，右手的中指在左手中指第一指節敲擊，這是很平常的叩診方法，根據敲擊時聲音的變化，可以確定馮有爲的心臟邊界。

「變大了！」李傑心中暗道。馮有爲的病情變化與他料想的一樣，經脈搏診斷發現心跳變緩變弱，經過叩診可以確定心肌破裂口，但是裂口還不是很大，心臟噴射出的血液流入心包腔內，造成心包堵塞。心包腔內血液過多，造成心臟外壓大於內壓，心臟在強大的壓力下，跳動就會停止，現在已經到了緊要關頭。

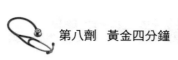

心臟停搏五分鐘就會因爲缺氧腦死亡，大約四分鐘就會有一半腦細胞死亡，這四分鐘決定病人的生死，所以是黃金四分鐘！

李傑深吸了一口氣，右手攥著石清的髮夾，然後猛地刺下去，血液滋地一聲噴了出來，濺到李傑的臉上。

石清嚇得閉上了眼睛，就連瘋狂的司機通過後視鏡看到了李傑的動作，也想：莫非這個小子瘋了？

李傑看似魯莽的一刺其實是經過深思熟慮的，髮夾沒有刺到心臟，剛才叩診已經確定了充血心包的位置，髮夾從肋骨之間穿過皮膚，刺破心包，將充斥在心包的血液釋放了出來，血液得到釋放，心臟的壓力頓時減小，又恢復了跳動。但是，這樣做會加重血液流失，可是不這麼做，心臟會停跳，馬上就會死亡，這不過是飲鴆止渴的方法，卻能將時間拖延上幾分鐘。馬上就要到醫院了，如果不這麼做，馮有為可能死在車上。

「馮有為，你……和老子的比賽還沒有結束呢，你就想撒手不管了啊！告訴你，沒那麼容易！」李傑向昏迷的馮有為大聲喊道。

計程車在警車的一路長鳴之下，很快開到了附院。

「司機，給您錢，這些是車錢，還有車的清理費，罰款！」石清說道，才發現司機根本就沒有打開計價器。

「給什麼錢啊，救人，錢就算了。」司機給了石清一個明朗的笑容，「好久沒有開得這麼爽了。你們救人也要趕時間，我就不打攪你們了。」

石清看了一眼車牌，也沒有多說，跑向了急救室。

司機看著他們離開以後，便向員警扔了一根煙，聊了起來。

「你有警車開道啊，全京城哪個計程車能有你這麼拉風的？不過你可要洗車去了，全是血啊！」交警抽著煙，說了一句。

「就是有了警車我才感覺有點不爽，連個超車的機會也沒有。」司機沈力咂著嘴，有點可惜地說。

交警被司機的話嗆著了，說道：「話也不能這麼說，你剛才是和死神搶時間，你小子剛才超的可是死神的車啊！這次就算了，以後再超速，我還抓你！」

第一附屬醫院，也就是李傑實習的醫院，是距離出事地點最近的醫院。

當李傑和石清把馮有爲推到急診手術室的時候，馮有爲的各項生理指標已經下降到了一個非常危險的水準。

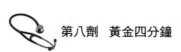

急診醫生已經做好了準備，馮有爲一進來就被推進了手術室，現在一秒鐘也耽誤不得。

李傑將馮有爲交給急診室的醫生以後，便立即開始清潔消毒，他打算進手術室幫忙。石清在手術準備室裏，看著面色陰沉的李傑，不知該如何勸慰，只是默默地一起做完了清潔消毒，跟著他走進了手術室。

「這是……」李傑看著手術托盤裏的幾個雙面刀片，向巡迴護士問道。

「從患者嘴裏取出來的。」護士看著馮有爲說道，「這個患者倒挺有決心，吃刀片，喝潔廁靈，還外帶跳樓。」

聽到護士的話，石清和李傑不約而同地看了一眼躺在手術台上的馮有爲。

急救醫生正滿頭大汗地做手術，手有些顫抖，打開胸腔的時候，醫生已經驚呆了。整個胸腔全是血，心臟雖然還在跳動，但是已經大量是血，輸血速度已經到了極限，但是血壓依然在下降。

這個時候了，李傑也不管是否會得罪醫生，搶上前去問道：「怎麼樣？要不要幫忙！」

醫生抬頭看了看，發現是李傑。

他並不知道馮有爲是李傑的朋友，以爲李傑又是來手術室學習，於是說道：「不行了，多處骨折不算，主要脾臟破裂，心中穿刺，傷有六處裂口，還需要洗胃！沒什麼機會了！」

「讓我來吧！」李傑說道。

「這是你要求的！不是我硬塞給你的！」

說完醫生就走了。他覺得運氣不錯，這次手術失敗只會增加他的業績污點，李傑主動承擔責任再好不過了！

綠色手術衣，妖異的手術刀再次出現。

看著血壓持續下降，李傑知道時間不多了，首先要做的是堵住心臟的裂口。心臟的縫合本來就是超高難度，更何況是在這次分秒必爭的手術中，李傑知道，如果不採取一些非常的手段，馮有爲就危險了！

「阻斷動脈，心臟停跳一分鐘！」李傑下了命令。護士與助手沒有時間驚訝，立刻按照命令執行。

縫合線此刻就是馮有爲的生命線，李傑的每一針都在編織著他復甦的希望。

「十秒倒數計時！」

李傑此刻只縫合一處，第四處才剛剛開始，不過第四個傷口是最小的傷口，六處縫合就算是神仙也不能在一分鐘內完成，李傑如果能完成四處，就已經是超出一般人的範圍了。

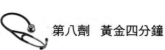

「九秒！」

「恢復血液流通！」

腦部缺氧理論上是五分鐘死亡，但是如果缺氧四分鐘腦細胞就會死一半！就算馮有爲不死，也是智障人士了！

雖然說是黃金的四分鐘，但是時間越短越有利，馮有如果腦部受損，不論失語或是失讀症，或是智障，對他來說，可是生不如死。

所以李傑選擇最穩妥的一分鐘，一般在這麼短時間不會造成損傷。一分鐘內縫合四處比較小的傷口，留下兩處比較大的不容易縫合的。

「按住兩處裂口！在心臟收縮的時候緩慢用力，幫助心臟射血！三分鐘後停止用力！」李傑向助手命令道。

這是在為剛才心臟停搏的身體進行缺氧補償。

妖異的手術刀沿賁門上部和十二指腸上部，並在胃大彎處切開大網膜，進入小腹腔，提起胃，並在十二指腸上部分離，將胃分離。

手術刀將胃部啓開，護士將胃裏的液體一滴不漏地收集，這是馮有為喝的潔廁靈。李傑選擇切開胃清潔，是最有效、最快捷的方法，因為馮有為已經深度休克，普通的方法很難快速清除毒液。

此外，馮有為的脾臟也破裂了，剛才的急救醫生並沒有馬上做脾切除，只是用止血鉗將脾蒂夾緊，阻斷了脾臟的動靜脈循環。但這不是辦法，他的脾臟破裂已經無法修復了，而且還在出血，這是致命的大出血，須立即行脾切除術止血挽救生命。

李傑不是個神仙，沒有化腐朽爲神奇的技術，他現在所做的只是最大限度地將馮有爲從死神手裏奪回來，至於能不能成功，還要看馮有爲的命運了！

「馮有爲，你可真夠狠，給我出了個這麼大的難題，本公子把你救回來以後，你可要好好地報答我啊！」李傑看了一眼馮有爲蒼白的臉說道。

當急診科主任再次回到手術室的時候，看到李傑正在手術台前忙得不可開交，便走了過去打算看個究竟。他本來以爲李傑堅持不了半個小時，病人就會死亡，但是他等了幾個小時，卻依然沒有動靜。當他看到李傑的手術時，覺得這是自己見過最不可思議的事情！他聽說過李傑的Bentall手術，但他深信那些關於李傑的謠言，覺得那次手術是王永做的，然後將功勞給了李傑，然而這次他親眼看見李傑的手術結果，已經驚訝得不知道說什麼。

「主任，還有一點就完成了，麻煩你做一下！」李傑顯得非常疲憊。

「好。」主任快速地接過李傑的活，開始工作。

李傑離開手術台之後，剛走了幾步便眼前一黑，倒在了離手術台不遠的地方，只聽見手術室裏幾個護士焦急的聲音：「李傑醫生，李傑醫生！」

「這是哪兒啊？」李傑睜開眼以後，看到的是滿眼的純白，嘴裏嘟囔了一句。

「李傑，李傑，你醒了啊！」石清高興的聲音響起，李傑想起來了，卻被石清按住了：「別動，正在輸液呢！」

石清那張焦急的臉，出現在李傑的視線裏。李傑想起自己方才昏倒了。

「馮有爲怎麼樣了？」

「馮有爲已經脫離了危險，正在觀察中。」石清說。

聽到馮有爲的情況以後，李傑算是放下了懸著的心，他趁機摸著石清的手說道：「小青石，多謝你照顧我！」

「你也要謝謝我啊！」張璇不知道什麼時候進來了，顯然聽到了李傑的話。

石清將李傑的手甩開說：「我還有事就先走了，晚上來看你！」

李傑有些不解爲什麼石清看到張璇就跑了，難道不怕自己與張璇發生點什麼？

「別看了，她已經走了，現在只有我們了。你餓了吧！想吃點什麼？」張璇趴在李傑床頭問道。

「想吃你！」李傑心裏想著，卻不敢說出來。他一向對美女沒有什麼抵抗力，看著張璇這麼可愛美麗的女孩子，他不敢開玩笑。

「我不餓，張璇啊！拜託了，我現在是病人，你別靠我那麼緊！」張璇說話的時候，她那可愛的臉已經快要貼到李傑了，嚇得李傑趕緊轉過頭去。

「你不說，那我就隨便買點東西，對了，剛剛有一個叫凌雪瑩的漂亮姐姐來看你了，你正在睡覺，她放下花就走了！」

凌雪瑩？李傑想起來了，大廳經理怎麼會來看我？

「你還真厲害！除了漂亮的石清，竟然又多出來了一個性感的凌雪瑩，我的競爭對手還真多！不過你放心，最後我肯定是勝利者！」

李傑看著張璇那自信的樣子，徹底無語了！

李傑臥床不過是身體太虛弱了，他最近一直都在忙，先是小飛母親的手術，接著又是母親的手術，特別是母親手術那段時間，一處於精神高度緊張狀態，整個人都消耗殆盡，最後又搶救馮有為，連續六個小時，身體終於堅持不住了。不過他此刻已經完成了手術，其中對心臟六缺口的經典處理，讓整個醫院的人都佩服。

李傑畢竟年輕，又不是得了什麼嚴重的病，休息一天就差不多了，他不想讓母親知道自己暈倒了，所以醒了以後立刻恢復正常的生活。

母親有石清和張璇兩個人照顧，就是李傑暈倒的時候，她們也沒有間斷過，所以李傑很放心。

不過讓李傑哭笑不得的是，母親因爲兒子將自己丟給兩個「兒媳婦」照顧而有些不滿，同時她也悄悄與李傑商量，能不能把兩個「媳婦」都帶回家，讓爸爸看看到底哪個好？還有劉倩那孩子也不錯，可惜你不喜歡。

李傑恢復了以後一直在照顧馮有爲，他覺得挺對不起馮有爲，其實論實力，馮有爲還是很強的，李傑不過是借助了很多未來的經驗與方法，否則兩個人真刀真槍，李傑不一定會贏。本來兩個人就沒有什麼真正仇恨，算起來朋友的成分更多一些，雖然有時候馮有爲很討厭，但是他本性並不壞。就算對人生絕望的那一刻，他也沒有將怨恨發洩到李傑身上，如果是一個變態的人，說不定會選擇跟李傑同歸於盡。

正是如此，李傑才拚命地救馮有爲，同時也一直在照顧他。

這天李傑剛剛吃過午飯，正閒庭信步地走回醫院，有人告訴他有美女在等他。李傑回去一看，正是酒店的大廳經理凌雪瑩。

「什麼風把你吹來了？」李傑問道。

「李醫生真是大忙人，我可等了你好久了！」凌雪瑩笑著說，今天她一身休閒打扮。

「哎，說起來我要謝謝你呢！我上次臥床，你竟然會來看我，讓我驚訝！你是怎麼知道我病了？」

「這裏不是說話的地方，我們找個地方聊聊！」說著，凌雪瑩也不管李傑是不是同意，竟然大方地拉著他就走，這倒讓李傑這個色狼顯得有些扭扭捏捏。

優美婉轉的七弦琴，古香古色的水彩畫，凌雪瑩和李傑去了京城最奢華的茶樓。這是李傑一直想來坐坐的地方，不過卻一直沒有機會，主要是他一直窮得只夠吃飯。

「上次我是去找你，誰知道你竟然病了，那天你的女朋友也在，她可真漂亮！你真幸福啊！」凌雪瑩羨慕道。

李傑一聽就知道，這個人肯定是張璇。

「那是我的妹妹，一個小瘋丫頭，開玩笑而已！不用當真！」李傑解釋道。

「你不用解釋了！我明白，其實我是有事情求你！」凌雪瑩雖然這麼說，但李傑知道她肯定誤會了，不過沒有關係，反正他也不想對她怎麼樣。

「哦，我說你怎麼送花給我！能不能在不求我的時候送花給我！」李傑開玩笑道。

「作爲男人，應該你送花給我才對！下次換你送我！我希望是玫瑰花！九百九十九朵，好嗎？」

「好！」李傑笑道。

「說定了，我可等著啊！對了，這次是關於馮有為的事情，我先要感謝你救了他。」

李傑不明白了，馮有為關她什麼事啊？難道馮有為與她有曖昧的關係？難道馮有為是為情自殺？

哇！如果是這樣，可真是天大的秘聞了！貌似純情的馮有為竟然跟優雅矜持的美女經理……

李傑於是試著問道：「你們兩個很熟悉？」

「不，我們不認識！是關於酒店的事。」

「他雖然是在你們酒店出事的，但是你們不用負責任吧！」

「的確！但我們的競爭對手卻利用這件事情大做文章，於是我提出讓你出面證實一下，聽說是你救了他，我相信你是個正直的人，一定會為我們出頭！」

「你不會是借這個機會來接近我吧！那我受寵若驚了！」李傑開玩笑道。

「如果我喜歡你，就直說了，我目前為止還沒有對你動心！馮有為的所有醫療費用由我們承擔，希望你們能在媒體上做一些正面的報導，這次他跳樓的事件對我們影響很大！」

「我想這個沒有問題，畢竟這不是你們的責任！」

「那就這麼說定了，明天我叫媒體來吧！」凌雪瑩高興地道。她沒有想到事情就這麼解決了，因爲鬧得不小，很多對手利用媒體報導歪曲事實，弄得酒店生意一落千丈，這次來找李傑，她是準備了一筆比較豐厚的封口費，本以爲李傑會趁火打劫，沒想到他竟然什麼都沒有要。

「媒體就由我來找吧，正好我最近要去拜訪一個記者朋友！」李傑想到了趙致，這次是一個極大的免費人情，爲什麼不送呢？

「那謝謝你了！」

李傑又閒聊了一會兒，很鬱悶地被凌雪瑩送回醫院。現在是上班時間，李傑是偷偷跑出去的，回去的時候他打算悄悄進辦公室，正在他躡手躡腳的時候，他發現了陸教授。沒錯，看那身影就是陸浩昌教授，他老了，也憔悴了！

陸浩昌這幾天很難受，頭髮白了一片，看上去蒼老了很多。他從知道馮有爲跳樓以後就一直在悔恨。雖然馮有爲生命無礙，但是這個生命因爲自己掙扎在死亡線上。

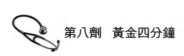

陸浩昌是一個學者，博學而單純的學者，不是曹操一樣的梟雄，對於他來說，生命才是最寶貴的。如果他知道馮有爲會發生這樣的事情，當初會毫不猶豫地選擇他。

李傑原來有點怨恨陸浩昌，這個老傢伙把藥物賣給了外國人，同時又差點害得馮有爲死掉，但是看到他衰老的面容，卻又恨不起來。畢竟師徒一場，陸浩昌又幫助李傑母親支付了醫療費，這可是天大的恩情。可他的獨斷專行將馮有爲害成這樣……

「陸教授，去裏面吧！」李傑把馮有爲的病房門打開。

「不用了，我看到有爲沒事就好！」陸浩昌看到李傑後顯得有些驚慌，立刻轉身打算離開。

「陸教授，您又來看馮有爲啊？」一個查房的護士看到陸浩昌說道。

陸浩昌卻不答話，加快腳步離開了。

又來？李傑有點不太明白護士的話。

「前幾天，馮有爲沒醒的時候，陸教授總是趁著人少的時候進去看看。馮有爲醒了以後，他就不進去了，只是在病房外看著。」護士解釋道。

李傑看著陸浩昌的背影消失，只能搖搖頭，陸浩昌不是一個善於表達感情的人，在這一點上和馮有爲是一樣的！

馮有爲還躺在病床上，包紮得像個粽子，李傑突然想笑，他想起了馮有爲進急救室的時候護士說：吃刀片，喝潔廁靈，還跳樓。這傢伙當時求死的心情真強烈。

「有爲，現在覺得好點沒？」李傑問道。

馮有爲點了點頭，不是不想說話，而是根本不能說話。他的臉部有很多地方都割破了，縫合了很多針，而且又做了一個大的包紮。

雖然是男人，也要注重面子問題。李傑看著自己的傑作，覺得馮有爲現在的形象非常拉風，非常酷。他的腿骨折，肋骨也多處骨折，胳膊也斷了，除了頭，其他地方都不能動，吃東西都不行，要打營養針。

「有爲，陸教授剛剛對我說，讓你去美國。我同意了！」李傑撒了個謊，他知道陸浩昌現在肯定後悔了，不會拒絕自己的提議。

馮有爲看著李傑，目光裏有點怨恨，他想說自己不稀罕李傑的施捨。可是，想說話也說不出來。

李傑默默地看著馮有爲，當然知道他想要拒絕自己的建議，看樣子，馮有爲在最近一段時間內是無法對他說出反對的話了。

「有爲啊，我覺得你現在這樣不說話的樣子還挺有型的，本來嘛，你就是我們這個實驗室的第一大才子，作爲才子就應該這樣，不該說話的時候就是不說，該說話的時候還是不說，給人留下一種神秘感，讓人知道你是很酷的！你要知道才子這種人物，現在已經是非常稀有和罕見的了。你好好想像一下，你那有型的打扮，剛毅的面容，冷酷的嘴角，不苟的言笑，會在無數女人的心裏留下不可磨滅的記憶。」

李傑也就是趁著馮有爲不能動彈，不能說話的時候敢開這樣的玩笑。要是馮有爲正常的時候，借李傑兩個膽，他都不敢說。上次被馮有爲拉著衣服領子吼的樣子，李傑到現在還記憶猶新。

馮有爲聽到這些話，心裏十分惱怒，不過自己現在什麼也做不了，就是想大聲罵幾句也不可能。馮有爲心裏那個氣啊，也只能無聲地抗議。

李傑知道馮有爲無法反駁自己，心裏微微有點得意，便坐到床邊，自顧自地開始聊天。

「有爲啊，我覺得，你老是看我不順眼一定是有原因的。我記得有人這麼說過，這世上既沒有毫無道理的愛，也沒有毫無道理的恨。你對死亡這麼執著，一定是有更深層次的原因，現在讓我來猜猜，要是我猜對的話你就點點頭。」李傑看著馮有爲，開始了一個人的表演，他說出了第一個理由：「因爲我長得玉樹臨風？比你帥？」

馮有爲在心裏想著，你個黑小子，怎麼這麼自戀啊！

「那是因爲什麼啊？」李傑看著沒有點頭的馮有爲，用手撐著下巴，開始沉思。

「哦，我明白了！」李傑沉思了片刻，做了一個恍然大悟的表情：「一定是你暗戀石清，然而我這個玉樹臨風的風流才子橫空出現，將你的暗戀對象無情地收入到了懷中，你於是心懷不滿，想把我幹掉，但是你發現，我是那樣高大威猛，於是你心灰意冷，轉而自殺？」

李傑看著馮有為難受的樣子，決定刺激刺激他。

馮有為被李傑刺激得兩眼噴火，可除了用這種殺死人的眼光看著李傑，什麼也做不了。

李傑看著馮有為的目光，覺得自己還是很厲害的，讓一個有點書呆子氣的人做出如此生氣的表現，他也算是第一人了。李傑心想，看吧，看吧，反正讓你多看幾眼，我又少不了幾兩肉。

「要麼是這樣，」李傑還要接著刺激馮有為，「你本來對石清意亂情迷，我出現以後，你覺得我才是你的真命天子，可是你又放不下石清，你在愛與恨中彷徨，在情與理中抉擇，在石清和我之間選擇，但是你發現，你所做的一切都是徒勞的，於是，你做出了一個非常大膽而又後悔的決定，你決定遠離世俗的喧囂與繁華，你殉情了！有為，你好偉大哦！」

李傑用從電視劇中學到的台詞將馮有為深深刺激了一下，說完還用含情脈脈的眼神看著他。

馮有為感覺自己要瘋了，怎麼就碰上了這麼一個自戀又變態的醫生。他很想呼喊，換個醫生。

「還不是啊？」李傑看著馮有為，做了一個誇張的表情。馮有為一直都是一副書呆子的模樣，連玩笑都不能開，只能趁著這個機會整治他一下。

「是你的自尊心在作怪，還有陸教授的原因吧！」李傑說完看了馮有為一眼，見他面無表情，即不同意也不反駁，知道自己說對了。

「我知道你很崇拜陸浩昌教授，你也一直跟他一起，這也是我為什麼推薦你去美國的原因！」李傑也不管馮有為的反應，繼續說道：「記得麼？我們曾經說過周瑜與諸葛亮！的確，這次我是諸葛亮，你是周公瑾，但是真正的學者都知道，公瑾才是真正赤壁之戰的指揮者，諸葛亮不過是在赤壁走了一遭而已，你又何必在乎別人的說法呢？有為，我們的爭鬥到此結束了。我們都是勝利者，是朋友，我們贏得了友情，不是麼？」

馮有為此刻已經淚流滿面，他覺得自己不但在實驗上輸了，還在氣度上一敗塗地。

李傑看著激動的馮有為，覺得自己挺虛偽，說了那麼多安慰的話，為了不讓自己內疚，竟然能說出這麼肉麻的話！他搖了搖頭，覺得自己來到這個社會變了，真的變了很多。

趙致最近順風順水，臉上總是掛著幸福的笑容。他在報社的地位日漸穩固，不知道拜了哪路菩薩，好運接連不斷！從採訪李傑開始，正是那篇關於醫學天才的報導爲他開啓了成功的大門。

今天他又接到了李傑的電話，讓他請客。趙致知道，這就是又有新聞線索了。能請李傑吃飯是一件很幸運的事情，幾次請客都拿到了想要的新聞。

趙致覺得每次都用一頓飯來換新聞有點便宜了，總是於心不安，想送點什麼給李傑，但是李傑什麼都不要，總是說吃頓飯就好。既然只能吃飯，這次就換個好地方請客。

李傑卻從來也沒有想過，趙致有什麼地方占自己便宜了，他完全是自願送他人情，當然也有爲自己打算的一面！

俗話說，常在河邊走，哪有不濕鞋。作爲一個醫生，無論醫術多麼高明，也免不了醫療糾紛，同時也免不了與媒體打交道。

李傑見識過那些黑嘴媒體有多麼惡劣，白衣天使能說成黑色魔鬼。淫娃蕩婦也能寫成貞潔烈女。當年ＳＡＲＳ施虐的時候醫生們被譽爲最可愛的人，報導滿天飛。過後半年不到的時間裏，在媒體瘋狂地打壓下，醫生就成了禽獸的代名詞。

除了醫生受災之外，還有受人尊敬的教師以及人民警察。不可否認，在這些行業裏存在著敗類，在不乾淨的行業裏也有高尚的人。李傑不想被一棒子打入禽獸醫生的範圍內，所以他早就計畫好了，在媒體裏拉攏趙致。如果哪天自己被污蔑了，就讓趙致替自己出頭。這不是杞人憂天，乃是防患於未然。

趙致在飯店定好了位置，那是一個靠窗的位置，寬大明亮的窗子可以邊吃飯邊欣賞風景。

李傑對於趙致的安排十分喜歡，特別喜歡窗外的風景，窗外是著名的美人街。

「趙兄，真是讓你破費，每次都讓你請我吃飯！」李傑笑道。他是窮學生，天天吃醫院食堂，按照水滸好漢的說法，嘴裏已經淡出個鳥來。

「你可別這麼說，我能有錢請你吃飯，還是托你的福！如果那天不是你，我怎麼能抓到新聞！這次還是要拜託你，你說的是什麼新聞？」

「這次XX酒店跳樓的那個，這個人是我朋友。我想這個新聞你肯定喜歡！」

「這個新聞我們報社已經有人報導了，你不知道，現在報導已經演變成媒體爭鬥了！」趙致有些失望地說。

李傑本以爲拜託趙致就可以了，沒有想到還挺麻煩。但自己已經答應了凌雪瑩就要辦好，何況自己吃了人家的，弄一個沒有用的新聞怎麼能行?於是問道：「趙兄，不瞞您說，這是那家酒店拜託我的，本來也不關他們的事，可他們將我朋友的醫療費全包了！」

「李傑，我也想幫你，可是這個新聞我們社已經報導過了，不好炒冷飯，除非你有什麼特別的消息，比如不為人知的內幕？」

記者就是記者，李傑看到趙致說到內幕時表情都變了，記者是天生的獵犬，專門嗅內幕，嗅獨家新聞，找到有價值的新聞就一個猛撲，什麼都跑不了。

李傑知道不拿出點獨家新聞，趙致會很難辦，於是問道：「內幕需要到什麼程度？」

「比如為何自殺，還有聽說送他去醫院的一個見義勇為的司機，還有一個路過的醫生，如果能找到這兩個人做個專訪也不錯！」

馮有為自殺的原因肯定不能說，陸浩昌教授的名譽不能因此有污點，鬼知道趙致報導了這個新聞後，其他媒體會報導什麼。如果哪個不良媒體亂寫說「馮有為被陸浩昌始亂終棄」，污蔑他們怎麼辦？

不過，對自己的專訪呢？專訪？我可不幹！李傑想到，救人的功勞已經給了那天的急救醫生，如果這個時候自己出來接受專訪，說救人的是自己，那做人豈不是太沒原則，被人鄙視？

如果是那個司機的話，說不定可以，但是自己那天光想著救人了，沒有記錄對方的聯繫

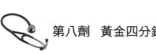

方式，不過對他瘋狂的駕駛技術還是記憶猶新，雖然他在專心地看護病人，可是車經常性地急轉彎，還是感覺得到的。李傑想了一下，石清心思細膩，她肯定會問司機的聯繫方式。

「不瞞你說，救人的醫生是我，司機的話，我去打個電話應該能找到，不過你只需要報導司機就好了！那天警車開路，很多人都看到了，我想他們肯定都想知道出動警車的原因！」

趙致一聽，立刻興奮起來，兩隻眼睛似乎都散發著狂熱的光芒。

「李傑，我一直在想，誰能把跳樓的人救活？我去醫院問，卻沒有人回答，你給我說說詳細情況吧！」

李傑看到趙致的興奮勁兒就知道他對救人感興趣，於是說道：「我只是背他去醫院，但是真正搶救他的是急救科的醫生，我們去找司機吧！」

趙致顯得有點失望，但一想能找到司機也是不錯的，畢竟警車給計程車開道也是人們所關心的事情，現在雖然有媒體報導了，但是沒有一家說清楚到底怎麼回事，交警隊的人也很低調，始終不提這件事。

李傑找了個電話亭，給石清打了個電話，石清果然知道，並且第二天就聯繫過司機。於是，李傑要石清帶著司機一起來飯店。

兩個人等了好一會兒，差點菜都涼了，一輛計程車停靠在飯店門口。李傑一眼望去，車門開啓，果然是石清和司機來了。

「來坐！這位是趙致記者！」李傑並不知道司機的名字，差點兒出了洋相，多虧了司機很熱情與趙致握手自我介紹了一番，李傑才知道他叫沈力。

人終於來齊了，可以吃飯了，李傑在吃飯前需要敬司機一杯。

「沈哥，那天真虧了你。要不然我那朋友可真的堅持不住了！這杯酒算罰我沒有能及時感謝你！」李傑說著乾了一杯，沈力年紀比李傑大，一臉的大鬍子，加上魁梧的體型，讓人覺得好像是電影裏的綠林好漢。

「我可不敢當。人命關天，我怎麼能見死不救？再說石清已經感謝過我了！下午我還要出車，所以不能陪你乾，以茶代酒吧！」

「沈哥，不用勉強！」李傑笑道。

眾人又隨便聊了幾句，趙致便將話題引到要採訪的事情上。

「沈哥見義勇爲的事情，你可要寫上，他到現在都不肯收錢！」石清說道。

「哪裏哪裏！你可別誇獎我，其實交警同志才是好樣的，因爲這次見義勇爲，他們把我以前的違規記錄都抹去了！少罰不少錢啊！」

趙致又詢問了關於救人的細節，當他聽到司機用十四分鐘就趕到醫院的時候，十分驚奇，於是問道：「從酒店到第一醫院的距離，你們大約用了十四分鐘，這也太快了吧！平時就算人少也需要三十分鐘，更何況車流正盛，而且是半路才有交警開路的吧？」

「沈哥駕駛技術好！簡直就是車神，這技術不開賽車可惜了！」李傑讚美道。

「哪裏哪裏！」對於李傑的讚美，沈力雖然表現得很謙虛，但是看得出來他很高興。

沈力沒什麼特別的愛好，就是喜歡飆車，喜歡充滿激情的速度，可惜職業所限沒有機會去飆車，只能開著計程車趁著沒有交警時過過癮。這次救人可真正爽到了極點，在大街上肆意狂飆，那風馳電掣的速度真是無法形容。

「趙兄，事情拜託你了，我們遇到了沈大哥這個好司機，你可得好好宣傳一下！」李傑說道。

「是啊！沈大哥才是真正的好人，別忘記批評那些看到我們都逃跑的司機！」石清恨恨地說道。

「放心吧！我明白怎麼寫！」趙致說道。其實他此刻還有一個問題，那就是病人怎麼可能在十四分鐘的時間裏活下來？這中間又有怎樣驚險的急救過程？

「那我們先走了，你繼續採訪沈大哥吧！我必須回去上班！」李傑說道，這一頓飯時間挺長，上班又遲到了。

「李傑，你認識的人還真不少啊！連記者都有？」石清說道。

「那是當然，我什麼朋友都有！但是現在還缺少一個朋友！你願意成全我麼？」李傑一臉懇求的樣子。

作爲朋友，相互幫助是應該的，石清剛想說願意，卻看到李傑眼光閃爍不停，立刻明白了他的意思，他又想在嘴巴上佔便宜。如果自己說願意，那麼李傑肯定會說少一個女朋友。

「我願意！」石清的聲音細不可聞，一副害羞的樣子。她雖然知道了李傑的心思，但是怎麼也不能拒絕。

怎麼搞得跟求婚一樣，但是石清的表現，讓李傑本來無賴的玩笑變得認真起來，他拉起石清的手柔聲說道：「小青石，我是真心喜歡你的！」

「我也是！」

事情有時候就是讓人意想不到，李傑終於做出了一直不敢做出的事情，說出了一直不敢說的話，他竟然真的說出了「喜歡你」，這是一句石清等了很久的話。

作爲風流浪子李文育，他只對一個女孩說過這樣的話，那個女孩一直佔據著他的心。這一世，李傑也只對石清說了這句話，希望能跟石清一輩子在一起。

石清是一個很單純的女人，說起來有些可笑，這竟然是她的初戀，李傑雖然不是一個封建保守的人，但只要是男人都會有那麼一點情結，希望自己的老婆清純保守。說得再邪惡一點還要加上一條：渴望別人的媳婦放蕩裸露。

不過石清保守過頭了，拉手是她最大的極限。李傑也不著急，他知道有這麼一句話：女人渴望男方裸露心靈，男人渴望女方裸露身體。他覺得作爲男人應該先滿足女人，裸露自己的心靈，讓石清真正感受到他的心，他才能邁出做男人那一步。

石清的一句話讓李傑高興得如一個得到誇獎的小孩子。醫院的人都感覺李傑今天的異樣，但當他們詢問時，李傑卻笑而不答，因爲石清嚴重警告不許他說出去，兩個人現在還是地下工作者。

晚上，李傑送石清回家，回去以後做了一夜的美夢，第二天依然帶著昨天的喜悅去醫院，卻發現自己惹了大麻煩！

「李傑，院長在等你！」一個護士低聲對李傑說，「你好像有麻煩，要有準備。」

李傑謝過傳話的護士，直接去了院長室，卻想不出自己惹了什麼禍。這兩天一直都很老實，也沒有再遇到什麼難纏的病人。

在院長室門口徘徊了兩分鐘，實在不知道到底有什麼麻煩，也無從知道該如何解決這個麻煩，只能硬著頭皮敲門進去了。

院長看到李傑進來，直接將報紙丟給他，李傑撿起報紙一看，頓時頭重腳輕，差點暈倒！

看著那幾個醒目的大標題，他終於知道自己的麻煩了！

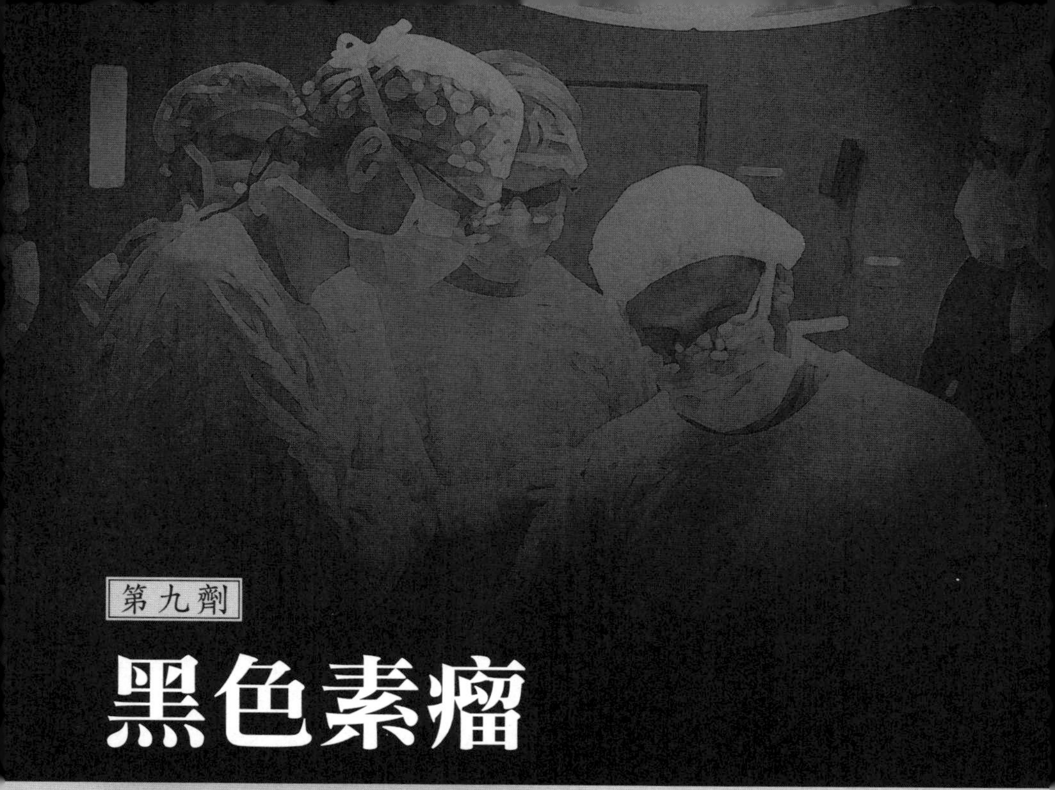

第九劑

# 黑色素瘤

少婦將褲子挽起來，露出圓潤的小腿，
她的小腿堪稱完美，可惜上面有一個黑色痣，為小腿添加了一點缺陷。
李傑一直在一邊看著，這個痣很明顯就是黑色素瘤，
他雖然距離遠，但依然能夠辨認其中細小的差別，
其邊緣不規則，不對稱，最重要的一點是顏色不一致，
在黑色中隱約地出現藍色部分，是很明顯的病變。
「不用鏡下觀察了，你可以確診病灶已經部分變色了！」
李傑趁著老醫生出去的時候，趴在江海洋的耳邊悄悄說道。

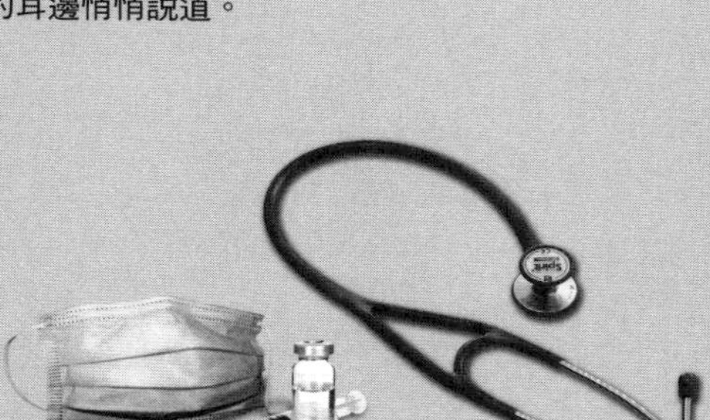

關於馮有爲自殺的事情，報導中讚美救人的司機與交警，並詳細報導其中的情況，連李傑用髮夾爲心包腔減壓的事都報導出來了。

這件事肯定是司機說出來的，這份報導前半部分似乎是讚揚好人好事，實際上大篇幅都是在說李傑的過失，大肆報導他在救人過程中的不負責任、輕視生命，並且還說，李傑不過是一個實習醫生，根本沒有什麼技術，如此拿人命開玩笑等等。正常人看到用髮夾穿心臟都會有一種感覺：那是在殺人，根本不是救人，畢竟這是一個非常規的方法！

李傑氣得吐血，什麼記者胡亂下定義，也不看當時的情況，如果不用這種方法，在路上病人就死了。

昨天李傑放心地將報導交給了趙致，但卻沒有想到會出現這樣的結果。他又看了一下這篇報導的署名，是一個不認識的人。如果是趙致，李傑不知道會對出賣自己的人做出什麼事情。

「院長對不起，是我考慮不周！」李傑道歉，雖然道歉已經解決不了問題。

「現在說什麼都沒有用，人們覺得我們的醫院就是一個不負責任的醫院！」院長的語氣裏透著失望。

「我會想辦法恢復醫院的聲譽！」

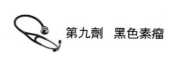

「這件事就不用你擔心了，我並不是怪你，只是你以後要小心，特別跟媒體打交道要小心！」

「我會記住的，院長再見！」

李傑出了院長室就碰到了石清，石清聽到李傑被院長叫過去，就等在這裏等候。

石清關切的表情讓李傑一陣感動。

「我沒有事，不過是昨天的報導出了問題，我現在就去解決！」李傑寬慰道，他不想讓石清擔心。

「我去聯繫沈司機吧，讓他幫你澄清！」石清說道。

「不用了，放心，我會解決這個問題，相信我！」李傑輕撫著石清的秀髮說道，現在就算找司機又能證明什麼？

李傑現在要去找趙致，一個醫生的名譽是很重要的，現在很多市民已經對李傑，甚至對第一附屬醫院產生了嚴重的懷疑，正是這種負面的報導讓院長生氣，中華醫科研修院的第一附屬醫院一直都是最好的醫院，不容有一丁點兒污點！

李傑想去問問趙致，爲什麼會變成這樣！

他一路上在想，覺得趙致應該不會攻擊自己。當然，這只是他的感覺。他不能肯定，在利益面前誰能不動心？如果真是趙致出賣了自己，他絕對不會忍耐，他不能容忍別人對自己的背叛！

李傑剛剛走到報業公司的大樓門口時，竟然遇到了趙致。趙致沒有了往日的自信，亂蓬蓬的頭髮，不整的衣衫，有些萎靡地抱著一個箱子，裏面都是辦公用品以及資料書籍。李傑此刻明白了，心裏有些矛盾，他慶幸趙致還是朋友，沒有出賣自己，但又擔心趙致的未來。

趙致也看到了李傑，他覺得沒有臉見他，恨不得找個地方躲起來。

「走吧！我不怪你！」李傑拍了拍趙致的肩膀說。很明顯這篇報導不是趙致的本意，他現在已經被報社掃地出門了，李傑還怎麼能怪他呢？

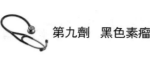

「對不起！」

「都是兄弟還說什麼？我並不怪你，走，咱們哥兒們喝一杯！」

趙致一杯又一杯地喝著，他想用酒精將憂愁趕走，將晦氣趕走。李傑沒有阻攔，畢竟趙致還是一個稚嫩的年輕人，經受不起這樣的打擊。

趙致解釋了事情的原因。司機沈力將所見所聞告訴了趙致，他記錄在了本子上，包括李傑穿刺心包給心臟減壓。回到報社以後他立刻準備了一個新聞稿，但是寫完以後，他想起來李傑不願意讓別人知道他給病人做急救的事情，穿刺心包給心臟減壓似乎不好，誰知道這時候總編來了，看到沒有修改的新聞稿，覺得發現明日的頭條。僅僅十幾秒的時間，主編就想到了好幾種報導方法，他不同意趙致將這個段落刪除，但是爲了讓趙致安心，就說稿子可以修改一下，保證不會有負面影響。

趙致也就相信了主編的話，誰知道第二天報紙出來竟是這個樣子，他到總編室去大鬧了一番，要求總編在明日的報紙上道歉。

一個小職員憑什麼跟管理層作對？憑什麼觸犯總編的權威？最後就是趙致被掃地出門。

事情變化得真快，本來還想幫人家解決問題，沒想到自己的問題先出來了，院長雖然沒有怪李傑，但李傑知道在他的心目中已經留下了一個不太好的印象。如何恢復他和醫院的名譽，最好的方法就是讓報社道歉。

但是他有什麼能耐讓報社道歉？李傑想不到解決辦法，付了酒錢後，背起喝得醉醺醺的趙致離開了。

又是一天，似乎連老天都受到了李傑的影響，變得陰晦起來。空氣悶熱潮濕，風雨呼之欲來。李傑扔掉報紙，今天，多家媒體打起口水仗，一部分擁護李傑的做法，另一部分則堅決反對。院長發動了一些宣傳力量影響雖然比較大，但是無法統一媒體的言論。

酒店的事情再也沒有人追究了，報導保留了趙致對酒店的評論，總算還有一個好事，李傑完成了凌雪瑩所託付的任務，可是這個代價太大了。

「李醫生，院長又找你！你要堅持住，不能因爲這個事情沉淪啊！我們都支持你！」還是昨天那位護士來通報的。

因爲這件事，李傑又成了醫院的焦點人物，不過這次大家是擁護李傑的，畢竟都是自己人，同時也關係到了自身的利益。大家鼓動李傑聲討媒體，有些激進的人甚至說，醫院拒絕給黑嘴媒體看病。

院長正在辦公室裏等著李傑，這件事情要擺平其實很容易，不過他考慮得更加深遠，無論如何，要在不得罪媒體的情況下處理好，消除負面的影響。其中的關鍵只有一個，就是讓民眾信服李傑，認同這次非常規的救人方式！

「院長，聽說您找我？」

「來坐下吧！我有事情談！」

李傑與院長並排坐在沙發上，看起來就像叔侄倆，但李傑心裏清楚，院長對自己這麼親密肯定是有原因的。

「院長，這次是我不好，錯誤出在我的身上，我的記者朋友被總編算計了……」

李傑想解釋，卻被院長打斷了：「我明白了，事情就交給我，你最近工作了這麼長時間，上次還因爲疲勞而暈倒了，先放假幾天吧！」

「院長……」李傑簡直不敢相信他的話。

「李傑，只是休息兩天而已，你不要接受任何採訪，也不要說任何關於這次手術方面的事情。」

李傑頓時覺得心灰意冷，他本想自己來解決事情，院長卻獨斷專行，讓他放假，他不明白院長爲什麼要做這樣的決定。

「院長，我想請一個長假，過兩天我母親身體恢復差不多了，我想送她回到家鄉的醫院靜養。」

「嗯，好吧！你不要想太多了，我也是爲了你好！」院長拍著李傑的肩膀安慰道。

院長讓李傑休假，因爲他已經有了自己的計畫，接下來可能是更激烈的口水仗，李傑不合適待在這樣環境裏。

李傑是一個衝動的年輕人，需要冷靜一下，同時李傑不在這裏，他可以安心解決事情，如果兼顧李傑，恐怕又會出現什麼紕漏。

回去就要帶著一份好的心情，李傑對自己說，可他怎麼也沒有第一次回家那麼高興。他走的時候很輕鬆，因爲最近一直都在忙手術，手下沒有要照顧的病人，不需要交接。

第一附屬醫院裏一共住著四個與李傑有關的病人，他們分別是；小飛、小飛的母親、李傑的母親以及馮有爲。小飛與他母親都住無菌室，不能進去，李傑太忙，事情一件接著一件，也沒有時間去探望。到了這時候，他覺得必須去看看他們。

病人們都需要靜養，李傑只是靜靜地告別，他沒有詳細說自己的事，這些人都是自己的好朋友，李傑不希望他們擔心。

探望過馮有爲後，李傑去找了石清，剛剛確定了情侶關係，李傑就要回去了，熱戀的火焰還沒有來得及燃燒。

「石清，我要走了，不過很快就會回來！」李傑戀戀不捨地道。

「你要去哪裏？」石清驚訝道。

「你放心，你還在這裏，我就會回來，這次是送母親回去，這也是母親一直盼望的！」李傑解釋道。

石清聽了這話，才將懸著的心放下，轉而問道：「你要回去多久？」

「照顧到我媽可以出院吧，就回來找你！」李傑說道。

「我會想你的！」石清輕輕說道。

這是石清第一次說這樣的話，聽得李傑心中大爽，他慢慢地靠近石清，雙手搭在她的肩膀上，他能感覺到石清因爲緊張而急促的呼吸。石清的美在於她高雅的氣質，矜持而不做作，成熟而不失天真。李傑看著她精緻的小鼻子，因爲緊張而微閉的美眸，忍不住向她那微微顫抖的紅唇吻去。

沒有任何事情比夢中情人的唇更令人心動，兩個人的唇如羽毛般輕輕一觸，李傑即將飄飄飛升的時候，一陣急促的聲音從門外傳來，石清如受驚的小兔子一般從李傑溫柔的懷中跳出。

李傑轉頭一看，竟然又是張璇。身穿護士服的張璇一改往日的可愛與淘氣，她跑得香汗淋漓，一進來就發現石清的表情有些不對，立刻猜測到了幾分，心中不免惱怒，質問李傑道：「李傑你要走，爲什麼不告訴我一聲！」

李傑氣得七竅生煙，張璇真是絕了，每次來得都這麼及時，她不應該穿護士服，改爲消防服才對，她的目的就是澆滅自己心中的那團火。

「張璇，我的親妹妹啊，我正打算去告訴你呢！我送我媽媽回去！」李傑委屈地說道，他的確委屈，馬上就要接吻，卻被硬生生打斷了。

「我去幫伯母收拾東西！」石清紅著臉跑開了。

張璇卻杏眼怒睜看著李傑，李傑被她看得背脊發涼，心中暗想，這個女子不得了，簡直就是一個美麗的怨婦胚子。

「張璇，我還有事，你不是要跟著我回去吧？」

「哼！我才不去，你等著，我早晚會把你搶回來！」張璇恨恨地說道。

李傑無語，只能無奈地攤開雙手。

回家之前他還要去同一些人告別，雖然回去的時間不會很長，但這些人現在都在爲自己擔心，李傑真心感激他們：王永主任、馬雲天院長……

李傑在旅途中沒有一點兒睡意，一直在鋪位上翻來覆去，折騰了一夜，第二天卻看不出有絲毫的疲倦，他就像吃了興奮劑，一直在想自己那即將到來的計畫，越想越興奮，一直到下車都處於亢奮的狀態中。

下火車時，身強力壯的李傑熱情地幫助鄰鋪的老人拿行李，讓老人很感動。

其實這是李傑一廂情願的報答方式，因爲昨夜與老人聊天，讓他受到了啓發，覺得自己找到了目標，這個目標暫時就定在私營醫療系統上。

出了火車站，母親要求回家，李傑沒有再聽母親的，根據他多年的臨床經驗，母親還需要在醫院觀察一段時間，回家如果有危險根本沒有辦法搶救，更何況住院可以使身體恢復得更好。所以，他直接把母親送到醫院。

L市的醫院情況李傑並不是很瞭解，但是隨便打聽一下，就知道哪個醫院好。群眾的眼睛是雪亮的，醫院的口碑老百姓說了算。果然，李傑隨便問了幾個人，幾乎眾口一詞提到了第一人民醫院。

第一人民醫院是L市設備最全，規模最大、醫生素質最高的醫院，當然這樣的好醫院裏，患者也是最多的，隨處可見患各種疾病的人，或一個人，或在家屬的攙扶下穿梭在醫院的各部門之間，同時也能聽到因爲各種病痛發出的呻吟與慘叫。

李傑焦急地排了好長時間，才給母親辦了住院手續。雖然他不怕排隊，可現在是特殊情況，母親根本不能勞累。李傑早在進來的時候就看到長龍一樣的隊伍，他打定了主意，怎麼也不能讓母親勞累。於是在排隊期間，找了個空病房安排母親休息。

李傑要了醫院最好的單間，當然也是最貴的病房。他有時會爲了省錢而節儉自己，可爲了母親，他可不會節省。當初做手術的時候，爲了提高成功率和考慮到母親病後的恢復速度，挑選的都是最好的器材與藥物，否則錢也不會不夠用。

李傑在貧窮的時候尚且如此，別說現在儼然是個暴發戶了，別人暴發後多是奢侈成性，六親不認，李傑有錢，卻是自己清貧，孝敬家裏人。

「兒啊，我還要住到什麼時候啊？要不讓你爸和你姐來看看我吧！我想他們了！」母親躺在床上說道。

「嗯，我明天就去將他們接過來！」李傑答應道。其實，他也有點想念他們了。

「可是咱家的地誰管呢？這次手術花這麼多錢，地也不種了，咱們以後的生活怎麼辦呢？」母親又擔心起了別的事。

「媽，你放心，有兒子在，你就別操心了，早點養好病就行了！」

李傑又安慰了母親好一陣子，用盡辦法讓母親相信自己，相信家裏不缺錢，讓她相信兒子長大了，靠得住了。

李傑不知道就在他安慰母親的時候，L市第一醫院卻亂成了一團，脾氣火爆的院長召集了一群醫生在會議室討論住院病人的問題，在會議室門口，就可以聽到院長正在大發雷霆。

「你說你！也不看看是什麼病就同意讓她住院！你說你是幹什麼吃的？醫院發工資養你

麼？」院長唾液橫飛地怒吼道。

被訓斥的正是安排李傑母親住院的美麗護士，她不停地抹著委屈的眼淚，漂亮的雙眼又紅又腫，像兩個桃子。

她在辦手續的時候，覺得李傑說話很有意思，兩個人聊得很高興，怎麼想到英俊又風趣的李傑竟然會給她帶來這麼大的麻煩？

「院長，事情已經到了這一步，也不要怪她了，依我看來，現在唯一的方法就是要求病人換醫院。」一位醫生不忍看到小護士可憐的樣子，勸解道。

「都這個時候了，怎麼換醫院？你說他們能願意換醫院麼？哪個醫院會接收她？還有，你看她做手術的地方，看清楚了！是中華醫科研修院第一附屬醫院！外科主任王教授主刀的手術！那麼貴的醫院是一般人能去的嗎？這個傢伙肯定非富即貴，誰知道他什麼背景？再說，如果病人術後死在我們這裏，王教授會怎麼想？我們以後還怎麼讓醫生去那裏進修？」院長把那位醫生罵了個狗血淋頭。

王永教授在外科領域聲望很高，地方的醫院也知道他，雖然手術是李傑做的，但主刀醫生還是寫著王永的名字。因爲這麼難的手術院長不一定會同意李傑做，所以兩個人是私下裏做了手腳。

眾人見提意見竟然會落到如此地步，再也沒有人說什麼，甚至大氣也不敢喘一下。院長的眼睛掃視了一圈，沒有找到發洩的對象，卻怒氣難消，於是就對著所有醫生大罵一通，嚇得眾位醫生唯唯諾諾。

罵了一會兒，院長也覺得有點累了，氣消了大半，頭腦也冷靜了下來，罵下去沒有任何意義，於是對外科主任說道：「這是Bentall手術，曾經在中華醫科研修院第一附屬醫院接受過兩個禮拜的術後觀察護理，現在病情穩定。你們外科的幾個人商量一下，組成一個護理團，探討一個可行的方案，一定要把病人給我看護好了！一旦病人出現問題，先把她的命保住，然後立刻向家屬下病危通知單，我們這次不能有任何責任！」

外科主任不敢反駁，卻在暗暗叫苦，院長說得容易，病人如果真不行了，他可保不住！要是病人真的出了什麼事，不用說就是他的罪過！他的腦袋此刻已經轉了幾圈，在想如何解決這件事。

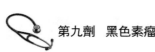

其實他們這是杞人憂天，李傑的母親很健康，根本沒有他們想像得那麼嚴重。這也不是說這裏的醫生水準低，主要是因爲李傑的手術做得很好，其次，他們是被Bentall術後的高死亡率嚇倒了；還有就是他們不知道，有李傑在這裏，就算出了問題也不用害怕。

會議結束以後，外科主任拉著幾位外科醫生聚集在一起討論，可是討論了半天也沒有結果，大家都是相互推脫。於是，外科主任覺得這次任務必須由他來委派。

「老劉啊，我對你很有信心，你來全程監護病人怎麼樣？」外科主任對一位五十多歲的醫生說道。

「不！不！我可不行，我對這個手術沒有什麼研究，我看小江不錯，年輕又精力充沛，可以長時間監護病人！」老劉連忙擺手推辭道。

外科主任一想，老劉的話很有道理，於是又將注意力轉移到一個年輕醫生小江身上。小江很年輕，在別人看來，他更接近於一個學生而不是一個醫生。

主任手搭在小江的肩膀上，表情很和藹，但是眾位醫生都知道，這和藹慈祥的面孔下，是怎樣的一顆心。

「小江啊，你怎麼說也是優秀的大學畢業生，我覺得老劉說得很對，應該給你個機會，不要推辭了，相信自己！讓我們看看天之驕子的真正實力。」

主任不容小江醫生說話，就將擔子壓到了他的肩膀上，然後帶著眾位老醫生一身輕鬆地去工作了。

李傑當然想不到會鬧出這麼大的事，在哄母親進入夢鄉後，便悄悄退出病房，輕輕關上房門。剛走出病房，就看到了一個年輕的醫生，有一張白白淨淨的臉、架著一副高度近視眼鏡的小江。

「你好，你是患者的家屬吧？我是醫院特意派來監護病人的醫生！我叫江海洋！」小江說著，與李傑握手。

李傑很禮貌地與他握手，覺得他的手纖細得跟女人一般，應該是從小嬌生慣養的孩子。這個時代的孩子多少都是做過一些勞動的，像小江這樣的年輕人還比較少見。

「我是李傑！你是剛剛畢業的吧？我母親剛剛做了Bentall手術，手術雖然很成功，但是她需要長期不間斷看護，嚴密觀察心率，如心肌缺血、低血鉀和酸中毒等心律監測，還有循環系統，呼吸功能監測……」李傑一口氣將所有的術後護理觀察要點全部說了出來，也不管對方是不是能記住。

江海洋聽得一陣迷糊，他覺得兩個人的身分似乎倒了過來，自己成了患者家屬，而對方成了醫生。

「你說的我都知道！你可以放心地將患者交給我！我不會遺漏任何一項的！」江海洋自信地說道。

「你還挺有自信的！好了，我走了，我母親拜託你了！明天我會來看她！」李傑說完就離開了。他覺得這個江海洋很有意思，不知道為什麼，他對這個年輕人很是放心，那是一種奇妙的感覺，也許同樣是學院畢業的年輕醫生吧。

江海洋開始了自己的工作，他首先去觀察病人，對病人的身體狀況做一些瞭解，記錄一些基本的資料。

這次工作看似是被外科主任強迫，其實在他心裏是願意的。作為一個剛剛畢業的學生很少有機會出頭，這樣的工作是一個機會。

醫療系統的提升看的是資歷與門路，這與政治路線很相似，沒有門路，沒有資歷，憑什麼上位？江海洋就算拚盡全力奮鬥一年也還是老樣子，可以輕鬆賺錢的病全讓老醫生搶走了，剩下治不好的、難治的都留給了他。病人家屬不理解他，辱罵他是庸醫，因為他的病人都是難治療的病症，導致他在醫院的成績考核也表現一般，他都要瘋了！

這次是院長親自過問，只有眼前這個機會可以跳過外科主任，直接向院長彙報。

院長雖然脾氣火爆，但是不糊塗，在用人上還是有一手的。江海洋如果能做好，會是一次機會，院長說不定會賞識他。把握住這次機會就可以脫離苦海了，他已經受夠了外科主任。當然不是所有醫生都不好，其他醫生還不錯，只有這個傢伙總是欺負他。

有機會一定要加倍找回來！一向懦弱的江海洋握緊拳頭想。

李傑從母親的病房裏出來時天色已晚，他在報刊亭買了張地圖，就隨便找了個小旅館住下。晚上，他將L市充分地研究了一番，打算明天出去轉轉，發掘一下發財的機會。

那天在火車上聽過老人的話，李傑想了很久，晚上躺在床上，甚至按耐不住激動的心情，恨不得立刻去調查本市的醫療行業是否值得投資。在他的印象裏，私營的醫療行業是很賺錢的，這不用懷疑，只要看私立醫院鋪天蓋地的廣告就知道。

賺錢是李傑的一個目的，但是他還有另一個目的，自己開醫院，幫助貧苦大眾，建立一個普通人家能看得起病的醫院。當然這是理想，但無論理想有多麼遙遠，只要向前邁進一步，距離夢想就近了一步。

第二天，李傑起得很早，買了早飯就直接奔向醫院，現在正是交接班的時候，來來往往的醫生看起來似乎比病人還多。

李傑來到母親的病房，輕輕開門進去，發現母親還在睡覺，而她的身邊則是昨天見到的那個很奶油的醫生，他竟然趴在床邊睡著了，手臂下放著一本書，正是關於Bentall手術的。

李傑不由地笑了笑，這個醫生還真有意思，他叫什麼來著？江海洋！李傑想了半天才想起來，他慢慢走進病房，將早飯放到床頭櫃上。

雖然他的腳步很輕，但是母親卻醒了，李傑說道：「媽，我給你買了早飯！」

李傑說話很輕，江海洋醫生卻也醒了，他的動作有些笨拙，顯然因爲趴著睡覺導致四肢血流受到壓迫，變得不靈敏。他剛要站起來，李傑一把按住了他，江醫生明白了李傑的意思，他的左腳已經失去了知覺，如果站起來肯定會摔倒。

「來，一起吃點早飯吧！」李傑笑道。

「不了，我出去吃！」江海洋有些不好意思，使勁地揉了揉腿，血液恢復流通以後，漸漸有了知覺，他轉身告辭了。

「兒子，這個醫生白白淨淨的，跟大姑娘似的，也不知道誰家的孩子養得這麼好！」李傑的母親一邊吃東西一邊說。

「媽，你養的兒子才好，你看我多健壯！」

「是啊，還是自己的兒子好！」母親摸著李傑的頭笑道。

吃過早飯，李傑陪母親聊了一會兒就離開了，走出病房沒有幾步，看到白面醫生江海洋在外科診斷室坐診。李傑立刻明白了，昨天晚上根本不是他的夜班，他是自願在母親病房裏工作的。

真是一個精力充沛的孩子，李傑心想，他現在越來越覺得這個小醫生有意思。李傑轉身向外科診室走去，江海洋此刻是一臉困倦，早上的病人不是很多，他沒有什麼事情，於是強打著精神看書。

「江醫生，你怎麼還沒下班啊？醫院難道二十四小時上班啊！」李傑開玩笑道。

「哦，是李傑啊！你有什麼事麼？」江海洋放下書說道。

「沒事，你在研究Bentall手術啊！」李傑拿起他手裏的書說道。

「是啊，您的母親正好是這個手術，如果要最大程度地看護好病人，就要全面瞭解這個手術。」

「是啊，不全面瞭解病人的病情，怎麼能治療病人呢？你休息一會兒吧，我在這裏，有病人我叫你！」李傑說道。

「可是……」

「別可是了，病人一般九點左右才會到，趕緊睡會兒吧！有病人我就叫你！」

江海洋覺得李傑說得也有道理，他現在很睏，便趴在桌子上睡著了。李傑覺得江海洋為人過於認真，堅韌且頑強。他在旁邊找了一個位置坐下，隨便翻著那本關於Bentall手術的書。書中的內容都是比較老的，無論手術技術還是其他方面都沒什麼新鮮的內容，再一看作者署名，是一個美國外科醫生寫的。

看了半天，李傑感覺無聊起來，時間才過去半小時，看到江海洋睏倦的樣子，如果不來病人，是不是要一直等到他睡醒？

正在李傑苦悶的時候，終於等來了一個病人，是一位三十來歲的少婦，隨行的還有一位老醫生。

李傑輕輕地碰了一下江海洋，他立刻醒了過來，揉了揉眼睛，看到老醫生趕緊站起來說道：「胡老師您好！」

「小江啊！你怎麼來了就睡覺？這個是我侄女，腿部有個黑痣，疑似黑色素瘤，你來給看看。」胡醫生說著，讓少婦坐下。

少婦將褲子挽起來，露出圓潤的小腿，她的小腿堪稱完美，可惜上面有一個黑色痣，為小腿添加了一點缺陷。

江海洋半蹲著，扶了扶眼鏡觀察這顆痣，從表面上看一點問題也沒有，就是一個普通的痣，從顏色、邊緣上看也沒有事。

「江海洋，怎麼樣？」胡醫生問道。

「需要做簡單的切片，在鏡下觀察，要不無法判斷！」江海洋說道。

少婦則一直都沉默不語，如同木頭人一樣坐著。

「那就做切片吧！一定要弄清楚了！」胡醫生說道。

李傑一直在一邊看著，這個痣很明顯就是黑色素瘤，他雖然距離遠，但依然能夠辨認其中細小的差別，其邊緣不規則，不對稱，最重要的一點是顏色不一致，在黑色中隱約地出現藍色部分，是很明顯的病變。

「不用鏡下觀察了，你可以確診，病灶已經部分變色了！」李傑趁著老醫生出去的時候，趴在江海洋的耳邊悄悄說道。

江海洋一愣，發現是李傑在同他說話，等他反應過來的時候，李傑已經走出了門外。他突然想起剛才看到的情形，似乎真的有微弱的變色，於是要求少婦做第二次檢查。果然，黑色中隱約可以看到藍色隱藏於其中，病灶皮膚分界清楚，卻不規則。

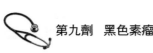

江海洋很慚愧，李傑離得那麼遠，竟然觀察得比自己還細緻！雖然自己是近視眼，但這不能是藉口。他又回想起昨天夜裏，李傑囑咐自己關於Bentall手術的術後護理工作，說得比書上還詳細。他不禁疑問道：這傢伙到底是一個什麼人啊？

李傑離開了醫院，其實他本來不想提醒江海洋，通過顯微鏡觀察完全可以發現，但是他又不放心，一個晚上就睡了一會兒的人，頭腦不一定清醒，萬一誤診可是大過錯。

離開醫院後，李傑要好好逛逛這個城市，L市是一個以輕工業為主的城市，人口並不是很多，與人口密集的南方有很大的不同。

城市隨著國家政策向經濟建設傾斜而飛速發展，城市的發展首先體現在道路與建築物上。街道乾淨整潔，市民們都很愛惜新修的公共設施，街道兩旁到處都是在建的大樓。這是一輪建設的熱潮，也是一批轉業成功的熱潮。

李傑也想加入熱潮中來，他手裏有五十萬資金，在這個時代是一筆鉅款，現在一個普通人一個月也就是二百元左右的工資。

要先做調查，瞭解一下基本的情況，李傑畢竟對這個時代不瞭解，不知道應該做什麼好，同時，這個世界與他原來的世界有不小差距，涉及錢的問題還是謹慎為好。

北方城市相對南方城市來說人口稀少，醫院也相應地少一些，李傑的首選目標是醫療系統，他走訪了所有的醫院，他的走訪不過是到處亂逛，主要是看醫院到底發展到一個什麼程度。

李傑心中也有一個基本概念。現在醫院之間的差距比自己那個年代還要大，大城市裏的醫院與地方性醫院有天壤之別。L市的醫療設備很是一般，別說沒法與京城比，這裏最差的醫院可以說就是一個大型診所。不過這是一個機會，如果開一家私人醫院，競爭壓力會小一些，私人醫院跟公立醫院相比有一部分是資金上的問題，那些昂貴的進口設備不是他能買得起的。

但是李傑現在還沒有開醫院的打算，一是資金不夠，最主要是沒有人脈，當地的機關領導、富翁貴胄，他一個也不認識。

李傑想做其他醫療方面的項目，在走訪了多家醫院以後，他發現還是藥物能賺錢，沒有錯，就是藥，這裏的醫院藥價偏高，多家醫院藥品價格不統一，亂定藥價，水分很大。還有，這裏的小藥店會出現假藥，病人損失錢倒是小事情，病治不好，無緣無故承受更多的痛苦。

在母親住院的時候，李傑就注意到了，母親用的藥在京城和在L市價格差不多，要知道兩個城市的消費水準卻不是一個檔次的，也就是說，在一個小的地方，要承受跟大都市一樣的藥物價格。

李傑在陸浩昌教授的慶功宴上認識不少醫學界人士，也聊到了藥的問題，那個時候，他就注意到了藥物價格虛高，水分很多。

現在L市的藥物市場混亂，就連醫院門口的藥房也價格虛高。李傑知道開藥店不僅要具備雄厚財力，托人找關係「攻關」當地藥監部門或工商局才是頭疼的事。

不過有了目標，也就有了動力，李傑下一步知道怎麼走了。

李傑最早想尋找一個經營不善的藥店。兌過來，這是最簡單的方法，一切手續就都省了。當然，直接兌個藥店是最完美的選擇，可是事情卻不如想像那麼容易。

李傑幾乎走遍了整個城市的藥店，也沒有看到一家藥店經營狀況不好。他很想進去問，但是又覺得太冒失了，恐怕人家會以爲他心存不良而將他打出來。

一個上午跑下來，李傑深受打擊，他畢竟是一個醫生，不是一個生意人，在這方面做得還是不夠。

中午的時候，李傑搭了輛計程車回到醫院去，母親的飯還要自己準備，要不然她就要挨餓了。應該把姐姐和父親接過來，讓家人團聚，還可以解決吃飯的難題。李傑有點想念姐姐做的飯了，那種熟悉的家的味道。

買了午飯，李傑直奔母親的病房。母親的精神很好，一直念叨家裏，一直到李傑保證將姐姐接過來才甘休。

李傑吃過午飯，想找一個離醫院近一點的房子，母親住院怎麼也需要一個月，也就是說，他必須照顧一個月。

「李傑，等等！」李傑正在大步流星地走著，卻被人叫住了，不用猜也知道是江海洋。

「什麼事？」李傑問道。

「謝謝你！沒想到你也是個醫生啊！」江海洋歎道。

「我還不算是醫生，好了，我有事要走了！你現在太疲倦了，應該回去休息而不是在這裏坐診，你這樣可能會耽誤病人！」李傑說道。

江海洋有些猶豫，他也想去跟科室主任請假，但是不知道如何開口。就在猶豫的時候，外科診室又來了個急診的病人。

李傑也看到了這個病人，病人已經痛得面無血色，無力地呻吟著，幾乎要暈厥過去，另一個人應該是他的家屬，一臉驚慌地揹著他，喊著醫生救命。

江海洋看到病人，也沒有了請假的心思，注意力都集中在病人身上，一詢問，原來是腹部臍上周圍的疼痛。

李傑並沒有走，他也不知道自己爲什麼愛管閒事，這讓他在後來後悔了很長時間。

「急性闌尾炎！」江海洋向病人家屬問了一些情況，又做了簡單的檢查後，診斷道。

不對！李傑心想，闌尾炎怎麼會痛成這樣？雖然病人的很多症狀就像闌尾炎，但是闌尾炎不會這麼痛。

李傑走到病人身邊，將手放在病人左腹，剛要動作，就聽到病人家屬不解地問道：「闌尾不是在肚子右面麼？你這是做什麼？」

李傑也不搭話，用力連續按了兩下，然後對江海洋說道：「看到了麼？應該是胃或者十二指腸潰瘍穿孔，潰瘍物洩露或是腹腔造成疼痛，並不是闌尾炎！」

病人家屬已經迷糊了，怎麼按左邊不痛，就能確定闌尾炎，闌尾不是長在右邊麼？他不知道，腹部中的腸都是相連的，按左側可以將腸內的氣體擠壓，從而氣體進入闌尾，如果闌尾病變，就會因爲氣體的擠壓而變形，會更加疼痛。

病人家屬看到江海洋承認錯誤的樣子，就知道了這個皮膚黝黑的醫生才是正確的，不由得感覺他的醫術很厲害。

感覺李傑醫術厲害的不僅僅他一個，在病房外，還有另外一個人。

李傑很討厭別人碰他，特別是不熟悉的人，比如眼前這個傢伙。李傑剛糾正了江海洋的錯誤，正要離開，眼前卻出現了這麼一個陌生人，李傑根本不認識他，而他卻不把李傑當外人，好像老朋友一樣把手搭在李傑的肩膀上。

「好久不見啊！最近去哪裏了？也不告訴我一下，走，哥兒們請你喝一杯！」陌生人說道。

「我們好像沒見過吧！你是誰啊？」李傑沒好氣道。他想把陌生人的手甩掉，但是他馬上放棄了。因爲這個陌生人看似不經意地將敞開的外套稍稍整理了一下，隱隱約約露出了一個黑色的金屬。

那是手槍！李傑看到了，他還知道這個傢伙就是故意露給自己看的。他擋住了患者家屬和江海洋醫生的視野，只有李傑看到了這把手槍。

「你忘了我了？我小強啊！」

「啊！是小強啊！」李傑不得不附和道。

「走吧，喝一杯去！」自稱小強的傢伙推拉著李傑道。

李傑不知道自己得罪了誰，犯不著用槍來請他去吧？他還不敢反抗，如果反抗的話，可能會被殺！

李傑被小強挾持出了醫院，他一路上都在拖延，想辦法跟人說話，想找機會脫困，可惜小強很是精明，用手槍指著李傑，不讓他做多餘的動作。剛剛走出大門，就看到門口停著一輛麵包車，沒等走到車前，門就打開了，下來幾個帶著墨鏡的年輕人，二話不說就將李傑弄到了車上。

「你們抓錯人了！」李傑掙扎著喊道。

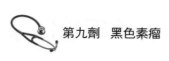

「你安靜點，沒錯，抓的就是你！」其中的一個傢伙狠狠地給了李傑一下，兇惡地說道。

李傑揉了揉被打的頭部，心中暗罵幾句，卻不再說話，倒不是被打怕了，他們已經認定了自己就是要抓的人，多說只會招來無謂的暴打，他要冷靜下來仔細地思考一下，這些兇神惡煞一樣的傢伙爲什麼要抓自己。

「狗子，你輕點，打死了怎麼辦？」那個自稱小強的人說道。

「放心，才一下死不了，這個小子看起來挺壯的！」狗子說道。

李傑聽出他們的口音不是本地人，他更加疑惑了，實在想不出哪裏得罪了人，犯得著他們來綁架麼？

難道他們知道自己有錢？這根本說不通，李傑一向知道財不外露的道理，從來沒有露過財。

看著李傑疑惑的樣子，其中的一個看似頭目的傢伙說道：「你放心，我們沒啥意思，就是想讓你給大哥治病！」

「治病？我又不是人民醫院的醫生，你們怎麼找我啊！」李傑不解道。

「操你媽的，還撒謊！你不是醫生，剛才給人看什麼病？我親眼看到你給人看病！」

小強罵道，伸手要打，卻被一個貌似頭領的大哥攔住了：「你剛才還說別亂打人，這回你又怎麼犯病了？」

李傑終於明白了，禍患源自於為病人診斷闌尾炎！

李傑後悔啊，好心幫別人卻害了自己，竟然被當做醫生抓來了。同時他又在憂慮，這個傢伙肯定是刀傷，要麼就是槍傷，只有這種見不得人的傷，才會如此請醫生。

「你放心，我們不會傷害你，治完病就放你走！」貌似頭領的傢伙說道。

「具體是什麼症狀呢？可以先去準備一下藥物！」李傑試探道，他現在已經不敢解釋了，以黑社會的火爆脾氣，發現抓錯人了也許就地解決了。

「槍傷！」貌似頭領的傢伙淡淡地說道，一副很不在乎的樣子，如吃家常便飯一樣。

李傑一聽，差點嚇得趴下。槍傷，不用想，肯定發生了槍戰。槍戰免不了會有死人，那就說明是殺人犯！而且能發生槍戰的不是一般的黑社會，不是小飛那樣的流氓可以比的，這不是香港電影裏的那種黑社會，政府在槍支方面的管理都是很嚴格的。

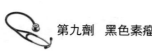

仔細想，他們為什麼要抓自己？很明顯，他們把自己當成了要下班的醫生，如果自己失蹤了，最快也要等明天醫院才會追查。他越想越害怕，越想越覺得他們會殺了自己滅口。

真倒楣，管了個閒事，竟然鬧出這麼大的事情來，李傑閉上眼睛思考到底該如何應對，同時也是告訴這些傢伙：我沒有看你們老巢的路線，不會去報警。

也許自己聽話，他們會開一條生路吧！

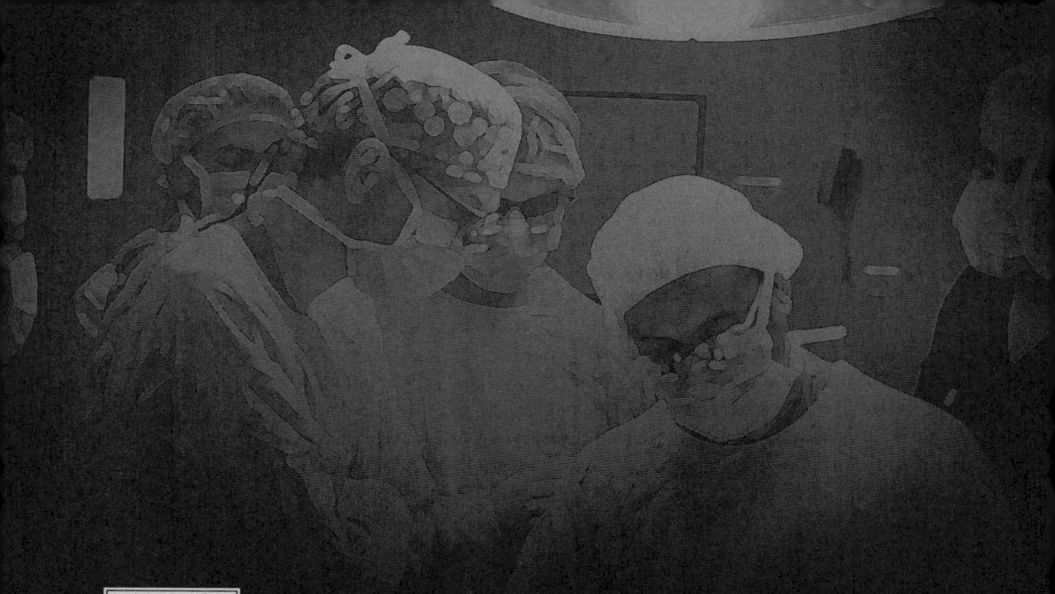

第十劑

# 尋找隱神經

李傑用拇指與中指拿著手術刀，沿著子彈頭的痕跡再次深入，
現在魯奇已經暈迷，不會再有抖動，
但是李傑也切得很費力，畢竟是一個斷了的刀片，與手術刀相差太遠了。
沒有！找不到！找不到隱神經！
李傑此刻真的慌了神，連續兩次探查都沒有找到那根隱神經。
冷靜！冷靜！李傑不斷地告誡自己，
此刻只有冷靜才能解決問題，慌亂只會失敗，
可是他怎麼都冷靜不下來，難道真的斷了？
而且斷的部分已經收縮到內部？

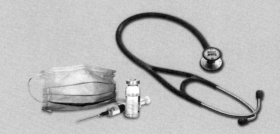

貌似頭領的傢伙知道了李傑的意思，他點了點頭，不再說什麼，其他人也都安靜下來。

汽車平穩地行駛著，不知道過了多久，也不知道轉了幾個彎，只是覺得路漸漸顛簸起來，又趨於平穩，後來似乎又在爬山，經過了漫長的旅途，最後聽見一聲：「到了！」

這裏是一個完全陌生的地方，低矮的民房，荒涼的山野。李傑跟隨著這群人下車，走進民房。

一進屋，李傑就聞到了血腥味混合著木頭發霉的味道，真是比消毒水的氣味還要噁心，但是他不敢抱怨，身邊是一群脾氣暴躁的黑社會，他就算受了再大的委屈也只能打掉牙吞進肚子裏。

李傑每走一步，都覺得自己距離鬼門關近了一步，但是他卻不再慌張，心如止水般平靜。越是危險的時候越是要冷靜，只有冷靜才最有希望脫離危險。

「大哥，醫生請回來了，是按您要求的，選擇剛下班的醫生！」貌似首領的傢伙說道。

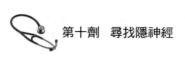

「那快點吧！先給弟兄們救治吧！」一個低沉的聲音說道。

李傑看不到對方的樣子，聲音是從一個單間裏傳來的，而且是京城的口音。屋子裏還有其他的傷患，基本都是槍傷，已經做過簡單的包紮，血液止住了。看來，是外地黑社會來到L市，因為人生地不熟，只能綁架醫生。李傑此刻鼓起勇氣說道：「這位大哥，你們必須保證救人後就放了我！」

「少說廢話，快點治病！你治不好肯定殺了你！」脾氣暴躁的狗子作勢欲打。

「殺了我，你們的兄弟肯定會死！」李傑反唇相譏道。

「靠！我就看看會不會死！」狗子咆哮著就要動手，卻被其他幾個人拉住了。

李傑也不害怕，環視了一下周圍的環境，抓起一根滿是苔蘚的半截爛木頭緩緩說道：「看樣子這裏長久沒有人住，氣候潮濕，細菌滋生，你們中的是槍傷，失血過多，免疫力下降，不做處理必定感染，到時候有人給我陪葬也不錯。你們來啊，殺了我，也沒有時間去找第二個醫生了！來吧！」

李傑坐車的時候已經計算過了，來這裏大約要耗費幾個小時，他們人生地不熟的，殺了自己，再去L市找醫生根本來不及。

李傑說完，眾人面面相覷，他們都不是笨蛋，知道李傑說的是實話，不由對其重新評估。這傢伙在車上的時候那麼老實，打不還手，罵不還口的，原來一直在等機會，看來現在只能求他治傷。

「現在你也沒有選擇，你不治好我們，你也得死！現在我們是一條船上的人！」那個低沉的聲音說道。

李傑從聲音上能聽出對方身體虛弱，底氣不足，恐怕受傷多時，再不救治就完蛋了，於是更加堅定了自己的想法：他們必須依靠自己。他於是說道：「恐怕我治好了你們，就會立刻被你們殺了吧！」

「哈哈！有意思，小子！你放心，我魯奇說話從來不反悔！」那個低沉的聲音此刻爽朗起來。

李傑很願意相信他，但是關係到生命的問題，他不敢大意，陷入了沉思中。

爆脾氣的狗子看到李傑還不答應，立刻怒火中燒，掏出手槍說道：「你他媽的要是想死，我就成全你！沒有你，我們一樣能活下去！」

「你開槍試試！殺了我，你的兄弟們會死，你也會死！」李傑看著那隨時準備吞噬人命的黑色槍口說。如果狗子不這麼囂張，他也許會讓那位大哥發個誓言，然後幫他們把子彈取出來，但狗子這麼一激，李傑那不服的脾氣又上來了。

「砰」的一聲槍響，槍管冒出若隱 若現的青煙，子彈呼嘯著從李傑耳邊擦過，他甚至能感覺到子彈帶動的氣流對臉頰的衝擊。子彈射入牆壁中，腐朽的木頭上留下一個黑色的洞。

要說不害怕是假的，死亡是如此近，李傑覺得自己的身體都不受控制了，多年來外科手術的經驗練就了他良好自控能力，現在遇到這種情況，雖然沒有到大小便失禁的地步，但也忍不住腿腳發軟，冷汗直流。

狗子驚訝李傑竟然如此頑強，甚至對著槍都不懼怕，他怒火中燒，恨到極點，特別是李傑那雙眼睛，那種輕蔑的眼神，那雙子彈襲來都不肯閉上的眼睛。

「殺了他，狗子！這個傢伙根本不是一個醫生，他是公安！」那個低沉的聲音再次響起。這是一個讓人感覺寒冷的聲音，李傑甚至能感覺到對方已經把自己當做了死人。

李傑看到狗子那猙獰可怖的笑容，死亡的氣息在包圍著他，他感覺很冷，屍體一般的徹骨寒冷。

「魯奇！你難道不想活命麼？你殺了我就再也沒有機會了，還有你這些兄弟也無法活命！」李傑大吼道。

狗子看似魯莽暴躁，但絕對不是傻瓜，大哥雖然下了命令，但也不能立刻執行，大哥是在試探李傑。

「哪裏會有醫生面對著子彈都不躲避的？還穩如泰山一般！你叫我如何相信你？」魯奇的聲音依然低沉。

「你們是京城的人吧？有個人你們一定認識，他可以證明我是個醫生！他叫惡鬼強！」

李傑此刻真的害怕了，如果真被這群傢伙當成員警殺了，可真是自尋死路。

李傑剛剛說完，眾人一陣哄笑，特別是剛剛還拿著槍指著自己的狗子，一直笑彎了腰。李傑莫名其妙。

「小子，你進來！」魯奇聲音還是那樣低沉，但已經沒有冰冷的感覺。

不待李傑猶豫，小強已經將屋門打開，把李傑推了進去。

當李傑看到魯奇的時候，不敢相信自己的眼睛，能夠駕馭這群兇神惡煞的大哥竟然是如此模樣。

這是一個濃眉大眼、貌似忠良的胖子。李傑想笑，又笑不出來，這個胖子的模樣太有意思了，長得像野原新之助，就是蠟筆小新，不過是成年版的小新！也不知道他好色不？他的身邊站著一個人，那膨脹得彷彿要裂開的肌肉，惡鬼一般冰冷的眼神，不就是惡鬼強麼？

李傑終於知道自己爲什麼被笑話了，原來魯奇就是當時惡鬼強提起的老大！不過他們不是在京城混麼，爲什麼又跑到這裏？李傑心裏雖然揣著疑問，但是他可不會去問。他知道得越少，危險越小。

「好了，李傑醫生是吧？阿強跟我提起過你，救了阿飛的母親。你放心，既然是阿飛的朋友，我們不會爲難你！」魯奇說道。他一改剛剛冰冷的語氣，變得溫暖和善起來，這讓李傑覺得他更加像小新。

「嚇死我了，原來都是朋友啊！早知道如此，我也不用這樣了！」李傑鬆了一口氣，接著說道：「不能再拖了，讓我來檢查一下你的腿傷吧！」

「先給弟兄們來吧！我不要緊，阿強已經給我止血了。」

李傑看了一眼，他的腿的確包紮過了，這是一種戰場上很專業的包紮方法，既能止血又不完全壓迫動脈，可以保持腿部的部分血液流通。李傑放下心來，他的腿的確可以拖延一段時間，局部不會缺血壞死。

惡鬼強如雕像一般在一旁站著，一句話也不說。如果不是那雙眼睛不時閃爍出一絲不易察覺的光芒，李傑還以為他變成植物人了。

中槍的人不少，傷勢也不盡相同，李傑在進屋的時候就已經觀察了他們的傷勢。受傷的人越多，他的價值就越高，談判的籌碼也就越多。

受傷的人中，最嚴重的被擊中了腹部，已經休克了。最輕的被擊中胳膊，只是疼痛並沒有危險。

「這是藥品與器械！」小強拿來一個急救箱說道。

李傑打開急救箱，差點沒有吐血，這是什麼器械啊！幾卷紗布，棉球，鑷子，一把用過的手術刀，連止血鉗都沒有，縫線則是普通的線，消毒用品就是一瓶七十二度老白乾，一些抗生素藥物等。

李傑看了看這些簡陋的器具，又再看看橫七豎八倒在地上的病人，他真有罵人的衝動。這麼艱苦的條件，這麼多的病人，不是為難自己麼？他在路上曾經提醒過他們去買藥品，難道他們連買藥品也不買，是怕暴露了行蹤？

李傑又看了一眼魯奇，這個濃眉大眼的胖子，成年小新果然心計深沉，剛剛還覺得他是位好頭領，如此照顧小弟，寧可自己先忍著痛苦，也要先救助手下，讓人好生感動，現在才明白，他這麼做的確收買了人心，同時也試探李傑的醫術，魯奇其實很懷疑李傑能不能用這麼簡陋的傢伙救活人。

李傑知道，如果手術失敗，他們根本不會留任何情面，小命肯定會丟。這是魯奇給他的感覺，他是一個梟雄，不會為感情所動，在他眼裏，只會把人分為有價值與沒價值的，他和善忠厚的外表下有著一顆無比冷酷的心。

沒有了綠色的手術衣，也沒有妖異的手術刀，李傑所剩下的就是手裏這把僅僅用火燒了一下、被酒精擦過一次的手術刀。

這樣惡劣的環境中，最怕的就是感染。手裏的老白乾不多，病人卻有很多，必須節約。

如果子彈打入重要的部位上，李傑並不奢求能取出子彈，只是儘量地保住他們的性命，子彈可以日後去大醫院取出來。

李傑選擇的第一個病人是病情最嚴重的一個，他被子彈擊中左側上腹部，子彈穿越肋骨射入體內，傷口被嚴密地包紮，綳帶被血液浸濕，病人已經休克。

李傑小心地解開了包紮的綳帶，用酒精在傷口周圍做了簡易的消毒，子彈的空隙很小，但是血液卻在不斷湧出，病人臉色慘白，應該是失血性的休克。

手術刀順著子彈的位置做了一個小小的切口，這只是一個探查口，用來尋找子彈的位置，條件所限不得已爲之。口開大了，怎麼縫合都不知道，他只有一支繡花針，還有正泡在老白乾裏的普通的縫線。

當李傑打開腹腔的時候，發現整個腹部全是血液，憑肉眼根本無法找到出血點，根據子彈射入的方向看，應該在脾臟附近。

明確了基本狀況以後，李傑又用手術刀將切口擴大，腹部的血液竟然順著切口汩汩流出。

李傑絲毫不管這些，他用靈巧的手指在手術切口中仔細地探查著。

手指繞過胃大彎部、胰腺以及結腸，在脾的表面輕柔地觸摸著。這次開刀之前他的手並沒完全消毒，只是用肥皂清洗了幾遍，他沒有捨得用白酒，因為它太珍貴了。一個簡單的消毒，如此簡陋的環境，是沒有辦法的事情，目前能做的就是延緩他們的死亡時間。

李傑停止了動作，不僅是停止了對脾臟的探查，更是通知停止對這個病人的取彈手術。

「你這是什麼意思！」又是那個脾氣暴躁的狗子，看到李傑竟然停止治療，怒吼道。

「沒什麼意思，我要進行下一個病人的治療，他已經沒有救了！沒必要浪費寶貴的時間！」李傑淡淡說著，然後就要出去洗手，準備下一個治療。

狗子一聽，頓時眼睛都紅了，怒吼一聲就要撲過來。小強一看不對頭，趕緊將狗子按住。

李傑看都不看他一眼，直接走到外面的水井邊打水洗手。他認真地洗了三遍，正要回去的時候，又碰到了狗子，李傑覺得他更像一個瘋狗，竟然糾纏不休。正想著怎麼對付他的時候，他竟然跪在了地上。

「醫生我求求你！救救他吧！他還活著，我聽說您連腎臟移植都成功了，救救他吧！」

李傑雖然痛恨黑社會，然而他是一個醫生，一個容易心軟的醫生。在他還是李文育的時候，就是出了名的心軟。大家都知道看病去找李醫生，不用紅包只要眼淚就行。

李傑不理他，因為他的確沒有辦法救這個人，他能活到現在已經是個奇跡了，子彈打破了脾臟，造成大出血，因為子彈正好卡在脾中，封堵了大部分的出血點，才使得失血緩慢，撐到了現在。取出子彈，出血必然加劇，唯一的辦法就是摘除脾，結紮動脈。李傑縱使有天大的能耐，也不可能在這種情況下完成如此難的手術。

更重要的是沒有血源，他已經大量失血，就算現在將血管封堵，過不了多久他還是會死。

「他是我最好的兄弟，我知道你恨我，我也不求你原諒！你可以殺了我解氣，我願意用我命來換他的命，只要你能救活他，你可以殺了我！」殘暴的狗子此刻聲音已經哽咽。

男兒膝下有黃金，跪天、跪地、跪父母。

李傑覺得很痛苦，他是真的無法拯救這個人。作為一個醫生，看到病人在自己面前死去是很痛苦的事情。

也許有的醫生會因為見多了生離死別而麻木，但是李傑做了十幾年醫生，卻依然看不透這點。他已經原諒了狗子對自己的無理，知道他是為了兄弟，兄弟重傷，誰又能保持理智呢？

「真的對不起，我不是不想救人，他傷得太重，內臟已經破裂了，如果這是在醫院或許我可以救他。如果你真的是他的兄弟，就應該讓他早點脫離痛苦！」

狗子看到李傑離開的背影，感覺自己的心都破碎了，他其實也隱約猜到了結果。當他看到那大片鮮紅的的血液時，就知道了。狗子多麼希望躺在地上的是自己啊！如果能重來，他會選擇自己挨這一槍，而不是讓兄弟替自己擋子彈。

如果能重來，狗子會選擇送他去醫院，即使自己被公安抓獲，只要能救活他！

狗子滿是悔恨，甚至悔恨當時爲什麼要帶著他走這一步呢？如果不是自己，兄弟怎麼會進入這個行當？狗子摸了摸懷中的槍，淚水順著臉頰斷線珠子般流了下來。

男兒有淚不輕彈，只因未到傷心處！

一聲槍響，響徹山谷，沖上雲霄，一直傳達到天堂！

死亡似乎成了一件平常的事情，幹這一行總是會有人離去，又有新的人加入。

心已經麻木，沒有人哭泣，因爲他們知道，也許就在下一刻，自己就會死去！

槍傷的疼痛讓人的脾氣變得暴躁起來，當酒精碰到傷口的時候，二虎已經痛得眼淚都掉了下來，他抬起那蒲扇一般的巨掌，想將眼前這個皮膚黝黑的醫生打翻。可是他知道，如果打了他，說不定自己會失血過多或因感染而死。

李傑用袖口擦了擦汗，眼前這個人非常不配合，有好幾次這個傢伙都想對自己動手。越是這樣，李傑越是不小心，酒精頻頻地沾到傷口，讓傷者痛不欲生，而李傑則是一陣陣報復的快感。

李傑雖然是一個心胸科的醫生，外傷並不是專長，但是他做得很到位，五個病人，除了第一個因爲失血過多死了，其他的全被救治了。當然，這麼艱苦的條件下，李傑除了給胳膊受傷的傢伙取出子彈，對於其他的傷者只是做了姑息治療，將血液止住防止感染。這麼做也許以後會有很大禍患，但是條件所限，只能如此了。

李傑挺佩服這些人，在治療的時候根本沒麻藥，即使他很小心，對方在手術中也很痛苦，可是他們都緊咬牙關，哼都沒有哼一聲。

一群硬骨頭的黑社會。李傑暗想，魯奇能有這麼一群手下，在如此苦難的時刻竟然沒有人抱怨，相反，他們似乎很輕鬆，似乎很有信心能活著回去，如此看來魯奇真是一個了不起的人物。

「魯哥，現在該給你做了！」李傑洗好了手，說道。

「我的腿已經麻木了，雖然血止得差不多了，但是我希望你能把子彈取出來！」

李傑聽得出話語中威脅的味道，如果取不出來，或將他的腿廢了，也許這條小命就會丟了。事到如今已經沒有辦法，只有治好他，讓他信守承諾。

李傑深深吸了一口氣，將呼吸與心境調整平穩。現在他還剩下三分之一的老白乾，大量的紗布與棉球，以及一些藥品。

相比開始救治的那些人，魯哥所佔用的資源算是最多的了，但是這遠遠不夠，魯奇中彈的地方是大腿的內側，細血管以及肌肉豐富，組成複雜，李傑對大腿手術做得不多，並不是很熟悉，如果切開不慎，會造成失血過多。

魯奇能堅持到現在，全靠對腿部的包紮，惡鬼強的包紮技術源自戰場上的急救技術，他將繃帶緊緊地纏繞在大腿的根部，儘量地阻斷血管的血流，又在中彈的傷口處嚴密包紮，這樣的好處是可以止血。壞處是大腿局部組織會缺血，短時間內沒有問題，長時間的話會有大量的組織細胞壞死。

李傑雖然沒有上過戰場，但是戰地醫生的急救法則，他還是瞭解不少的，這樣的包紮他當然也是知道的。

李傑慢慢地解開了包紮繃帶，傷口位置很靠後，魯奇不得不趴在床上背對著他，手下們都緊張地看著李傑。

李傑的手輕輕地按了一下傷口，魯奇疼得冷汗直流，可是在眾多手下面前又不好意思叫，只能強忍著。

「子彈射入很深，可能已經傷害到了坐骨神經、股神經和隱神經。但是想將子彈拿出來會很費力氣，我們沒有血液輸，如果引起出血的話，將會十分危險。還有就是現在沒有麻藥，這樣的痛苦不是一般人能忍受得了的！」李傑說道。

「如果不取出來呢？」魯奇問道。

「那麼，這條腿有很大的機率會殘廢！」

「取！我可以忍受痛苦，我也相信你的技術不會引起大出血！」魯奇毫不考慮地道。

「我手術的時候，只需要留下強哥幫忙，其他人會分散我的精力！」李傑剛剛說完，眾人便知趣地離開了。

惡鬼強關好了窗子，小房間裏就剩下李傑，惡鬼強，魯奇三個人，真是一個微型的手術。李傑暗自笑道，加上病人才三個人。

「魯哥，得罪了，需要將你的四肢綁好，要不然您忍不住動了，手術可就失敗了！」

魯奇點了點頭，知道自己不一定能受得住。性命攸關的時候，顧不得面子了。

李傑見他同意，便讓惡鬼強捆綁魯奇的四肢，這也是李傑爲什麼讓小弟出去的原因，大哥綁在床上若是被人看到，以後就不用混了。

李傑對魯奇的手腳直接打了手術結，這是無法解開的雙結，很結實。大腿肌肉神經豐富，一刀下去，那種痛苦一般人受不了。痛得休克最好，省麻藥了。

捆綁了手腳以後，李傑又找來一截木頭洗乾淨，用紗布一包遞給魯奇說道：「魯哥，咬著吧！」

「我不需要!放心，我不會叫出來的！」魯奇不屑地道。他覺得李傑將自己的手腳捆綁很過分，還要咬著一根快要腐爛的木頭。

「我不是怕你叫出來，咬著它能減輕點兒痛苦！」李傑說道。其實他怕魯奇痛的時候神志不清，將舌頭咬斷。

魯奇見到李傑堅持，便也不再反對，張口咬住了木頭。

李傑弄了一點棉花，又在上面倒了一點白酒，點燃後，將手術刀在舞動的火花上迅速地穿梭了幾個來回，算是給這柄功勳手術刀消毒。它已經連續切過五個人了，如果在醫院，一個大手術就會換幾把手術刀。

李傑此刻看起來根本不是一個醫生，更像一個變態殺人狂，他的外衣被血染得猶如漂浮著朵朵紅雲，手中的手術刀也因爲做了幾次手術變成了一把鈍刀。

然而，就是這麼一把鈍刀，在火焰中一揮，在李傑的手術中，再次露出其猙獰鋒利的一面。

惡鬼強看到李傑已經準備好了，便按照吩咐解下皮帶，在魯奇大腿靠上的部分繞一圈用盡全力紮緊。他的力量很大，雙臂的筋肉凸顯，僅僅這麼一下，魯奇就已經痛得咬緊口中的木頭。惡鬼強知道這相當於止血帶，不過是一個更加暴力、更加有效的止血帶，是目前能止血的最好方法，疼痛只能忍了。

止血帶綁好了後，就是手術的開始。淬火的手術刀沿著子彈的射入點，做出一條短短的切口，大腿內側肌肉群走向縱橫錯亂，走形不一，在手術中刀口最好就是沿著肌肉的走向來切，否則割斷了肌肉是很難癒合的。最重要的是，他這次的傷口縫合只能先簡單地用普通縫衣服的線，經過酒精的浸泡消毒後做個暫時性質的縫合。

手術在割開皮膚的時候，李傑能明顯感覺到魯奇在顫抖，那是因爲疼痛而無法抑制的顫抖，李傑抬頭看了他一眼，只見魯奇面色發青，緊緊咬著那根木頭，頭上已經佈滿了大大小小的汗珠，他那貌似忠良的面目已經扭曲。

這僅僅是第一刀，魯奇就已經被苦折磨得不成樣子了。

魯奇是一個胖子，脂肪很厚，李傑握著手術刀，因爲手術做多了的緣故已經不再鋒利，這一刀拚勁全力，才同時將皮膚、脂肪以及第一層肌肉割開。

接下來的每一刀都要沿著肌肉的走形來切，大腿內側有長收肌、薄股肌、大收肌等，後面的痛苦會更大。李傑每一刀儘量做到精準，一刀切開一層肌肉，這是很難辦到的事情，每個人肌肉的厚度都不同，因爲人的運動量都不相同，肌肉不可能有相同的厚度。

李傑每一刀切下去都是在展示他畢生所學的精華，無論對人體的瞭解，還有對刀的把握程度上，都達到超一流的程度。

在切完每一刀以後，李傑都要用針穿過被啓開的部分，暫時用縫線綁好，再將兩條線向兩側拉近，以將切開的兩半分開，以便有更大的視野觀察。

在切到第三刀的時候，魯奇已經臉色慘白，腿部不住地顫抖。此刻，他已經沒有別的感覺，只有痛，他的牙齒已經深深地咬入了木頭中，李傑知道他已經到極限了，如果再來第四刀，說不定他會痛得休克。

但是，第四刀必須割下去！因爲第三刀已經割到了子彈的尾部，子彈是從腿的後側沿著左腿的邊緣射入了右腿，按照李傑的推算，應該卡在股二頭肌與坐骨神經交界處。

惡鬼強一直在一旁看著大哥從第一刀挨到第三刀，他覺得每一刀都刺在自己的心上。自從魯奇將他帶出越南戰場以後，他就只忠於魯奇一個人，他深恨自己沒有保護好大哥，沒有能爲他擋下這顆子彈。

李傑在專心手術的同時，也在懷念有護士的日子，當然這個時刻，他不是懷念可以調戲小護士的日子，而是在懷念護士可以幫他擦汗，幫他傳遞器械，幫他拉這個可惡的縫合線……

李傑給了魯奇好一會兒喘息的時間，等他恢復得差不多了，才進行下一步手術。

其實李傑也在害怕，如果這一刀下去，魯奇沒有挨住，他的腿廢了不要緊，自己的小命可就丟了！

自控力是每一個外科醫生必須有的能力，如果李傑沒有經過母親的手術，也許在這方面，他做得還算一般，但是經過了那次Bentall手術的洗禮後，他已經可以做到心如止水，泰山崩於前而面不改色。

他一直視母親的生命高於自己的生命，這次不過是自己的生命受到了威脅，又怎麼比得過上次的驚心動魄。

手術刀突然變得鋒利起來，最後一層肌肉被割開，然而這個時候，魯奇卻再也忍受不了這種疼痛。人在劇痛的時候似乎可以爆發出無盡的潛力，魯奇突然變得力大無窮，竟然將綁在腳上的繩子生生拉斷了，而他的腳踝因與繩子的劇烈摩擦而變得血肉模糊。

李傑雖然對魯奇的劇烈反應有些心理準備，但依然無法預料到他竟然拉斷繩子。

這次後果很嚴重，隨著他的掙扎，李傑手中的手術刀竟然「啪」的一聲斷了。

真是一個劣質產品，李傑心裏道，他扔掉了刀柄站了起來。長時間的半蹲姿勢讓他雙腿酸軟，看著躺在床上屍體一般的魯奇，只能搖頭歎氣。

「怎麼辦？李醫生！」惡鬼強的口氣中滿是關心與緊張，那種冷冷的語氣再也消失不見。

「你綁的那一側不牢固啊！他掙脫了，手術刀也斷了，再去找一個手術刀來！」李傑先把責任推給惡鬼強。

魯奇已經疼得休克了，現在似乎變成了半個屍體，趴在床上一動不動。這下好了，不用麻藥了，只不過手術刀也沒有了！

那可怕的半截刀片插入了魯奇的腿中，現在還不敢拔出來。因爲李傑不知道刀穿到了哪裏，割破了什麼，如果割裂了動脈，只要拔出刀片，血液就會如爆裂的自來水管一樣噴射出來，到時候就可以爲這個胖子和自己收屍了。

魯奇掙脫的那隻腳的腳踝，因爲掙脫時力量太大，已經掉了一層皮，現在血肉模糊，很是可怕。

李傑沒有辦法，只能用白酒稍稍消毒一下，然後用白紗布包紮好，最後再次用繩子捆綁好，李傑捆綁得很用力，他可不會因爲魯奇是大哥而下不了手。

「我找不到刀片，除了這個！」惡鬼強拿出一把匕首說道。

李傑看著寒光粼粼的匕首，心中泛起一陣寒，趕緊推辭道：「算了！這個東西是殺人的，不是救人的！」

手術的器械只有一把鑷子，還有一個縫衣針和一團線。可是剛才切到肌肉，子彈的底部馬上就要看到，距離成功只有一步，真是可惜啊！

李傑注意到，魯奇的大腿因爲止血帶的過度作用而造成局部缺血，缺血部分已經轉變爲青色，再這樣下去，可能會造成局部組織肌肉的壞死，手術必須要快！

李傑再次半蹲著身軀，他發現把插入魯奇大腿中的半截刀柄在滲血。沒錯，是在滲血！李傑覺得頭都大了，真是怕什麼來什麼，這把刀肯定紮到血管了。

李傑第一次覺得手術超出了自己能力控制的範圍，剩下的時間不多了，手術刀也斷在了裏面，動脈也被割破，還有就是根本沒有手術縫線！

動脈破了，必須用人體可吸收的手術縫線來縫合，這種縫衣服的線根本不行，留在體內就是一個異物，會造成化膿感染。

李傑不禁有些後悔，其實可以麻醉魯奇的，當然是用針灸麻醉，不過憑藉著他對手術的信心，他故意不麻醉，想讓這個傢伙吃點苦頭，以懲罰他無緣無故將自己綁架過來。

本以爲綁住了他的手腳，就不會有大的動作，輕微的動作根本不會影響手術，李傑覺得自己過分自信了。

不過這裏也沒有針灸用的銀針。李傑自我安慰道，必須立刻讓自己的情緒進入平穩狀態。

李傑右手持鑷子，夾住斷在腿中的刀柄，心中暗自祈禱一番，然後迅速拔出。

運氣這次終於站在了李傑這一邊，血液沒有大量地湧出，看來只是刀尖部分刺破了動脈，並不是完全割斷動脈。李傑不由地鬆了一口氣。

最後就是取彈頭，根據魯奇的表現，彈頭應該是壓迫了坐骨神經和隱神經。

李傑現在就像一個賭徒在賭運氣，籌碼就是自己的命，如果彈頭拉出來血流不止，他就輸了！

李傑再次求神拜佛，也許臨時抱佛腳真的很有效，他用斷了的刀柄將子彈尾部附近的肌肉切開，然後用鑷子迅速地拔下了彈頭，彈頭沒有碰到任何的血管。刀柄刺破的血管並沒有湧出過量的血液，也就不需要切開大腿來縫合血管的裂口了，血液會自己凝固，血管也會自己癒合。

李傑穿好縫線，準備縫合傷口的時候，突然想起了一件事情，他將丟掉的彈頭再次撿起來，對著陽光觀察了一番，他發覺自己真的疏忽了，因爲他剛剛拔出彈頭的時候並沒有看到神經的斷裂，於是也就放心了，但是就在要縫合的時候，他想起來剛才只看到了一條神經，但是魯奇的症狀卻是失去了兩條神經的作用！

另一條呢？如果斷裂，也會看到其中的一段或則兩端。李傑又觀察了彈頭，子彈在魯奇的身體內待了幾個小時，人體的內部環境已經在上面留下了不太明顯的痕跡，如果仔細觀察，可以看出一些端倪。

李傑堅信另一條隱神經沒有斷，但兩條並排的神經沒有理由只斷一條，從彈頭上的痕跡，也看不到那條隱神經。

必須找到那條隱神經，否則，這次手術就是失敗的！

李傑用拇指與中指拿著手術刀，沿著子彈頭的痕跡再次深入，現在魯奇已經暈迷，不會再有抖動，但是李傑也切得很費力，畢竟是一個斷了的刀片，與手術刀相差太遠了。

沒有！找不到！找不到隱神經！李傑此刻真的慌了神，連續兩次探查都沒有找到那根隱神經。

冷靜！冷靜！李傑不斷地告誡自己，此刻只有冷靜才能解決問題，慌亂只會失敗，可是他怎麼都冷靜不下來，難道真的斷了？而且斷的部分已經收縮到內部？李傑用紗布將肌肉中多餘的血液擦乾淨，再仔細地觀察了一番。

這些筋膜是完好的，一定還在，隱神經一定還在！李傑對自己說道，他閉著眼睛回想著神經的分佈與位置，神經在體內走形的影像不斷在頭腦中浮現。

靈光一閃，李傑感覺自己就如武俠小說中描寫得那般神奇，什麼精神爲之一振，自覺奇經八脈爲之一暢，七竅也開了六竅半……

他明白了，關鍵點在於內側的長收肌，李傑翻開內側的肌肉，將筋膜緩緩拉出，果然，隱神經就隱藏在這裏，子彈射入時，神經筋膜受到擠壓，肌肉受到刺激，發生非正常的收縮與痙攣。隱神經在擠壓與肌肉的運動下，不知道怎麼就進入到了肌肉下面，因爲子彈還留在體內，對肌肉造成強大的刺激，壓迫神經，使其功能不完善，因此也可以解釋爲什麼這條神經會出現失效的症狀。

一切都已經解決了，李傑終於鬆了一口氣，自己的小命算是保住了麼?!

請續看《醫拯天下》第二輯之三 驚心動魄

# 醫拯天下II 之二 生死一線

作者：趙 奪
發行人：陳曉林
出版所：風雲時代出版股份有限公司
地址：105台北市民生東路五段178號7樓之3
風雲書網：http://www.eastbooks.com.tw
官方部落格：http://eastbooks.pixnet.net/blog
Facebook：http://www.facebook.com/h7560949
信箱：h7560949@ms15.hinet.net
郵撥帳號：12043291
服務專線：(02)27560949
傳真專線：(02)27653799
執行主編：劉宇青
美術編輯：吳宗潔

法律顧問：永然法律事務所 李永然律師
北辰著作權事務所 蕭雄淋律師

版權授權：蔡雷平
初版日期：2015年3月
初版二刷：2015年3月20日
ISBN：978-986-352-134-1

總 經 銷：成信文化事業股份有限公司
地　　址：新北市新店區中正路四維巷二弄2號4樓
電　　話：(02)2219-2080

行政院新聞局局版台業字第3595號 營利事業統一編號22759935


**定價：280元　　特惠價：199元**



國家圖書館出版品預行編目資料

醫拯天下.第二輯/ 趙奪著. -- 初版. -- 台北市：風雲時代，
2015.01- ;　公分

ISBN 978-986-352-134-1 (第2冊：平裝). --

857.7　　　　103026479

+HOSPITAL
足以媲美「醫龍」的頂尖醫師
他以病患為本，挑戰權威與醫界派系
只為了從死神手中救回最寶貴的生命
醫拯天下
駭人聽聞的大膽技術
迅速有效的急救手法
憑著一把柳葉刀及中西醫兼修的紮實醫術
他是擁有神之手的醫界天才
醫拯天下之1藝高膽大
醫拯天下之2美女名醫
醫拯天下之3頂尖聖手
醫拯天下之4白色巨塔
醫拯天下之5黑心醫藥
醫拯天下之6揚名天下
他以病患為本，挑戰權威與醫界派系
只為了從死神手中救回最寶貴的生命
第一輯共6冊，第二輯陸續出版中
無影燈下的趙燁永遠是那麼專注，他的雙手猶如機械般精密，似乎永遠都不會犯錯誤。
趙燁師承醫學泰斗李傑，同時得到三代御醫傳人江海的悉心指點，終於練就一身中西醫兼修的過硬醫術。
他憑著一把柳葉「妖刀」，冒名頂替著名教授主持視訊臨床觀摩課，不畏權貴偷樑換柱為患者移植肝臟，敢於用工程電鑽為垂危的傷者施行開顱手術……
轟動上市
趙奪 著